中國語言文字研究輯刊

八　編
許　錟　輝　主編

第 10 冊
漢語共同語語法概論（中）

朱　英　貴　著

花木蘭文化出版社

國家圖書館出版品預行編目資料

漢語共同語語法概論（中）／朱英貴 著 -- 初版 -- 新北市：
花木蘭文化出版社，2015〔民104〕
目 4+172 面；21×29.7 公分
（中國語言文字研究輯刊 八編；第 10 冊）
ISBN 978-986-322-981-0（精裝）
1. 漢語語法
802.08   103026716

ISBN-978-986-322-981-0

中國語言文字研究輯刊
八　編　　第 十 冊　　　　　ISBN：978-986-322-981-0

漢語共同語語法概論（中）

作　　者	朱英貴
主　　編	許錟輝
總 編 輯	杜潔祥
副總編輯	楊嘉樂
編　　輯	許郁翎
出　　版	花木蘭文化出版社
社　　長	高小娟
聯絡地址	235 新北市中和區中安街七二號十三樓
	電話：02-2923-1455／傳真：02-2923-1452
網　　址	http://www.huamulan.tw 信箱 hml810518@gmail.com
印　　刷	普羅文化出版廣告事業
初　　版	2015 年 3 月
定　　價	八編 17 冊（精裝）台幣 42,000 元

漢語共同語語法概論（中）

朱英貴　著

目

次

本論三：漢語短語的結構與功能

〔**本章導語**〕

　　本章論及漢語短語的結構與功能，共由七節內容構成：前六節談結構，後一節論功能。先概述漢語短語的結構分類標準及其多層級的結構分類，將漢語的所有短語大別爲複合型短語（成分詞短語）、附加型短語（關係詞短語）、簡縮型短語（複句關係短語）三類，每一大類之內又各有若干小類，漢語的短語共有 23 種不同的結構類型。然後用三節的篇幅分別加以舉例詮釋、層次分析和疑難辨析，這是本章的重點內容。之後又用兩節的篇幅對漢語所獨具的復指短語詳加討論，以便於讀者對漢語短語的深層語法結構關係有更加細緻的瞭解。最後一節論及漢語短語的多級功能分類，提出本書與眾不同的多級分類標準，並將 23 種結構類型的短語分別歸入不同的功能類型當中，至此完成對漢語短語的結構與功能的全方位認識與理解。

21. 漢語短語的多級結構分類

　　現代漢語的語法研究，對短語這一級語言單位已經日趨重視。短語的語法性質，本身屬於構句法的範疇，對短語的語法研究又成爲了溝通詞法研究與句法研究的橋梁，因此探討短語的語法結構分類，確定更爲科學的分類標準，進

行更爲精細的分類，對認清短語的語法結構性質和語法功能屬性，無疑是非常重要的。本節擬對現代漢語短語的內部語法結構從新的角度加以觀察，並按多級標準進行分類思考，以求對其有更加接近科學的認識。

一、短語的語法結構屬性

短語的語法結構屬性是在同它的下級語法單位「單詞」或上級語法單位「句子」的比較中顯現出來的。

首先來看短語和單詞的異同。短語和單詞的相同點是：短語和單詞都是漢語中供造句用的語法單位，都是造句的材料。短語和單詞的不同點主要有二：其一是短語由詞組成，它是比詞高一級的語法單位，而詞是構成短語的材料；其二是各類短語都能充當句法成分，而有些詞不能充當句法成分。

其次來看短語和句子的異同。短語和句子的相同點是：短語和句子的語法結構原則基本一致，短語的語法結構和句子的語法結構都屬於句法範疇。短語和句子的不同點主要有二：其一是短語沒有表述性，句子有表述性，句子表示一個相對完整的意思，有語調或句末標點，短語沒有語調或句末標點；其二是短語至少由兩個詞構成，而句子可能會由一個詞構成，由一個詞構成的句子稱爲獨詞句，短語沒有獨詞短語。

二、詞的功能決定短語的結構類型

詞是短語的構成要素，充當短語的結構成分，因此可以說，短語的結構類型是由詞的語法功能來決定的。目前，語法學界對詞進行語法功能分類，多是先分爲實詞和虛詞兩大類，再在實詞和虛詞內部分別劃分爲若干小類，雖然各家所分的小類和對各小類詞的實虛歸屬不盡相同，但大多未能把詞類的劃分與短語的構成聯繫起來，你總不能將短語也分爲「實短語」與「虛短語」吧，因此可以說，實詞和虛詞的劃分不利於對短語結構性質的進一步研究。

其實，漢語的詞大可不必作實詞和虛詞的劃分，因爲「實」與「虛」畢竟是就詞的意義而言，並不是語法範疇的概念。因此，本書在上一章曾經論及，漢語單詞按語法功能的第一級劃分標準，應當是依據詞在它上一級語言單位（短語或句子）中的語法功能，是充當句法成分的，還是標示句法關係的？據此而將漢語的詞分爲「成分詞」和「關係詞」兩個大類。

成分詞是指能獨立充當一般句法成分，但不能用來顯露或標示句法關係的詞，成分詞包括名詞、動詞、形容詞、代詞、數詞、擬聲詞、區別詞、副詞、趨向詞 9 類；成分詞與成分詞一經組合在句法結構中，便可以構成主謂、動賓、定中、狀中、中補等句法關係，但它本身不能顯露或標示句法關係。

關係詞是指不能獨立充當一般句法成分，但能用來顯露或標示特殊句法關係的詞，關係詞包括量詞、方位詞、比況詞、介詞、連詞、助詞、動態詞、語氣詞、應歎詞 9 類。關係詞的職責是與成分詞組合形成特別的句法關係，所謂特別的句法關係就不是主謂、動賓、定中、狀中、中補、連動、兼語等一般句法關係，而是指聯合、稱量、方位、比況、介引、黏附、獨立等特別句法關係。

上述分類可參見本書第 10 節《對漢語詞類劃分的進一步探討》和第 11 節《漢語各類單詞的語法功能概觀》中對詞的多級語法功能分類的詳細論述。這樣多級分類的出發點和基本思路正是充分考慮到了詞在短語中的語法功能，也便於引起對短語結構類型的重新思索，藉以作為本節短語分類的必要前提。如果從詞在構成短語中的功用來認識漢語單詞的語法功能的話，那麼，「成分詞」是可以不借助「關係詞」就能構成短語的詞，「成分詞」與「成分詞」之間能形成各種一般句法關係，因而能構成聯合、定中、狀中、動賓、中補、主謂、連動、兼語等各種具有一般句法關係的短語，我們將這種短語稱之為「成分詞短語」。而「關係詞」則是能與「成分詞」組合成各種特別句法關係短語的詞，我們將這種由「關係詞」與「成分詞」組合成的短語稱為「關係詞短語」。

三、現代漢語短語的結構類型概觀

本書認為，漢語短語的結構類型應該是根據不同的結構標準作出的多級分類。

首先，可以根據短語的構成成分是固定搭配的還是臨時組合的，將短語分為固定短語和自由短語兩類，這是對短語的內部結構進行的第一級分類。

其次，短語的二級分類，應當是根據自由短語內部構成要素的功能性質以及內部構成成分之間的語法關係作為劃分標準，據此可分為複合型短語、附加型短語、簡縮型短語三類：

第一類是複合型短語。複合型短語是由成分詞加成分詞構成的短語，它的構成要素以成分詞為主要特徵，因此又可稱為「成分詞短語」。複合型短語具備

並列、偏正、支配、補充、陳述、連動、兼語等漢語基本的語法關係，因此內部包含平列式短語、偏正式短語、支配式短語、補充式短語、陳述式短語、連套式短語等類型，其中平列式短語、偏正式短語和連套式短語還可再作下一級的內部分類，又分別各包含兩種情形。（詳見後文）

複合型短語（成分詞短語）主要由成分詞構成，其基本結構有兩種形態：

A、成分詞＋成分詞（不含關係詞）

例如：老師同學、熱烈歡迎、繁榮市場、買東西

B、成分詞＋關係詞＋成分詞（關係詞起輔助作用，不起主導作用）

例如：老師和同學、熱烈地歡迎、繁榮的市場、買過東西

第二類是附加型短語。附加型短語是由成分詞加關係詞構成的短語，在它的構成要素中，關係詞雖然是附加上去的，但在短語中卻起主導作用，因此又可稱為「關係詞短語」。附加型短語不具備並列、偏正、支配、補充、陳述、連動、兼語等漢語基本的語法關係，因此可以依據起主導作用的關係詞的稱謂來命名，包括量詞短語、方位詞短語、比況詞短語、介詞短語、助詞短語等類型，其中量詞短語、介詞短語、助詞短語還可再作下一級的內部分類，又分別各包含幾種情形。（詳見後文）

附加型短語必含有成分詞和關係詞兩種成分要素，缺一不可，因此其基本結構有兩種形態：

A、成分詞＋關係詞

例如：數量短語（五條）、指量短語（那個）、疑量短語（哪回）、形量短語（小塊）、方量短語（上次）、方位短語（院子裏）、比況短語（雪花一般）、動介短語（發源於）、的字短語（當官的）等，都是成分詞在前，關係詞在後。

B、關係詞＋成分詞

例如：介賓短語（向山頂）、所字短語（所發現）等，都是關係詞在前，成分詞在後。

第三類是簡縮型短語。簡縮型短語是包含有複句的分句之間的某種邏輯語法關係的短語，它本質上是由複句形式簡縮而成的，也可稱之為「複句關係短語」。簡縮型短語中一定含有成分詞，有些含有關係詞，有些不含有關係詞，它的短語結構既不屬於一般句法關係也不屬於特殊句法關係，它的構成要素是不

獨立起作用的分句形式或分句壓縮形式，因此它的短語結構是複句關係。正因為簡縮型短語的表層結構既不具備漢語基本的語法關係，也不由關係詞起主導作用，而是暗含有複句關係，因此通常稱為「複句形式短語」和「緊縮形式短語」，複句形式短語可簡稱為「複句短語」，緊縮形式短語可簡稱為「緊縮短語」。「複句短語」與「緊縮短語」二者可以合稱為「簡縮型短語」，即複句關係短語。

四、現代漢語短語的多級結構分類

為了便於統觀全局，現將上文談到的現代漢語短語的各級分類和各種結構類型具體羅列如下：

1、短語的一級結構分類

（1）分類標準：根據短語成分之間組合的穩定程度劃分。

（2）結構類型：

　1）固定短語：

　　　A. 熟語（成語、慣用語、歇後語、諺語）

　　　B. 稱謂語（姓名、專名、行政區劃名）

　2）自由短語：詳見二級分類。

2、自由短語的二級結構分類

（1）分類標準：根據短語成分之間組合的語法手段劃分。

（2）結構類型：1）複合型短語；2）附加型短語；3）簡縮型短語。（詳見三級分類）

3、自由短語的三、四級結構分類

（1）分類標準：根據短語成分之間組合的語法結構劃分。

（2）結構類型：可將二級分類中的三個類別的短語各分為若干種小的類型（四級分類共 23 種），有些有共性的小類可以歸為一個統稱，可以看作是三級分類：

　A、複合型短語（又稱「成分詞短語」，共 9 種）：

　1）聯合短語　2）復指短語（以上兩種屬於平列式短語）

　3）定中短語　4）狀中短語（以上兩種屬於偏正式短語）

5）中補短語（屬於補充式短語）

6）動賓短語（屬於支配式短語）

7）主謂短語（屬於陳述式短語）

8）連動短語　9）兼語短語（以上兩種屬於連套式短語）

B、附加型短語（又稱「關係詞短語」，共 12 種）：

1）系位短語（屬於數詞短語。數詞本身屬於成分詞，但系位短語卻不具備複合型短語的基本語法關係，故將其歸入附加型短語，可見數詞中的位數詞在某種意義上具有量詞的屬性，也可以說，「系位短語」是特殊的「量詞短語」。）

2）數量短語　3）指量短語　4）疑量短語　5）形量短語　6）方量短語（以上五種屬於量詞短語）

7）方位短語（屬於方位詞短語）

8）介賓短語　9）動介短語（以上兩種屬於介詞短語）

10）比況短語（屬於比況詞短語）

11）的字短語　12）所字短語（以上兩種屬於助詞短語）

C、簡縮型短語（又稱「複句關係短語」，共 2 種）：

1）複句形式短語（複句短語）

2）緊縮形式短語（緊縮短語）

現將上述各種結構類型短語的多級分類情況歸納如下。先來看表層結構分類（一級分類與二級分類）：

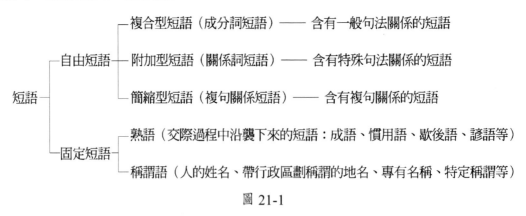

圖 21-1

再來看漢語短語的深層結構分類（自由短語的二級分類、三級分類、四級分類）：

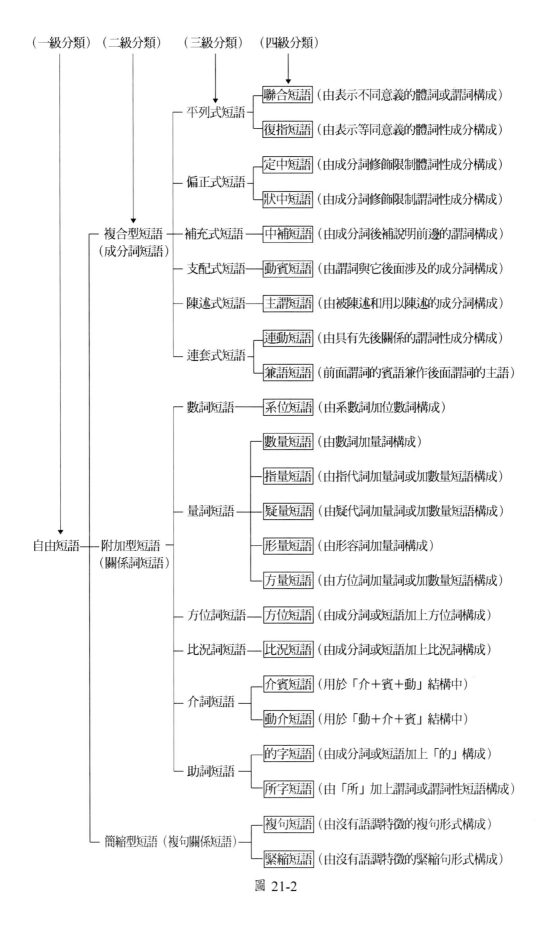

圖 21-2

上表中加方框的短語名稱為短語結構類型的最終分類，可以看出，僅自由短語內部就含有 23 種終級類型，如果再加上固定短語，則有 24 種可供最終認定的短語形態，當然，固定短語同樣也是含有自由短語內部的各種語法關係的。

從上述分類可以看出，成分詞和關係詞是短語構成的基本要素，因此有關「成分詞短語」、「關係詞短語」、「複句關係短語」的命名是符合我們對短語的結構構成的本質認識的。而「複合型短語」、「附加型短語」和「簡縮型短語」這三種結構類型又恰好與合成詞的三種結構類型「複合式合成詞」、「附加式合成詞」、「簡縮式合成詞」的分類思路是一脈相承的（可參見此前第 5 節《漢語的構詞法和詞的構成方式》的相關闡述）。

22. 漢語短語結構類型例釋

上一節概括地討論了漢語短語的多級結構類型，為數不清的漢語短語作了三、四個級別的結構分類。短語結構的一級分類是根據短語成分之間組合的穩定程度來劃分的，可以將現代漢語的短語大別為固定短語與自由短語兩類；短語結構的二級分類是根據短語成分之間組合的語法手段來劃分的，可以將現代漢語的短語大別為複合型短語、附加型短語、簡縮型短語三類；短語結構的三、四級分類是根據短語成分之間組合的語法結構來劃分的，據此可將二級分類中的三個類別的短語各分為若干種小的或更小的類型，即：

A. 複合型短語（共 9 種）：1）聯合短語；2）復指短語；3）定中短語；4）狀中短語；5）中補短語；6）動賓短語；7）主謂短語；8）連動短語；9）兼語短語。

B. 附加型短語（共 12 種）：1）系位短語；2）數量短語；3）指量短語；4）疑量短語；5）形量短語；6）方量短語；7）方位短語；8）介賓短語；9）動介短語；10）比況短語；11）的字短語；12）所字短語。

C. 簡縮型短語（共 2 種）：1）複句短語；2）緊縮短語。

也就是說，無論是自由短語還是固定短語，現代漢語短語的終極分類都可能有 23 種類型，本節擬對現代漢語短語這 23 種結構類型加以例證，以便於更具體地認知現代漢語的各種結構形態。不過，為了跟下一節的短語結構分析相銜接，這裏將對複合型短語、附加型短語、簡縮型短語的三類歸屬稍

加變通，將這 23 種結構類型的短語分別歸入「具有基本語法結構關係的短語」、「以某類詞爲標誌構成的短語」和「具有特殊語法關係的短語」三個類別之內，即：

A. 具有基本語法結構關係的短語（共 6 種）：1）聯合短語；2）定中短語；3）狀中短語；4）中補短語；5）動賓短語；6）主謂短語。

B. 以某類詞爲標誌構成的短語（共 12 種）：1）系位短語；2）數量短語；3）指量短語；4）疑量短語；5）形量短語；6）方量短語；7）方位短語；8）介賓短語；9）動介短語；10）比況短語；11）的字短語；12）所字短語。

C. 具有特殊語法關係的短語（共 5 種）：1）復指短語；2）連動短語；3）兼語短語；4）複句短語；5）緊縮短語。

其實，上述分類只是將原屬「複合型短語」的復指短語、連動短語、兼語短語這三種提取出來，將其與原屬「簡縮型短語」的複句短語、緊縮短語歸爲一類，因爲它們內部成分之間的關係都既不屬於「基本語法結構關係」，也不屬於「以某類詞爲標誌」，故將其稱爲「具有特殊語法關係的短語」。據此，特將現代漢語中的各種結構類型的短語分別例釋如下：

一、具有基本語法結構關係的短語例釋（共 6 種）

爲了更方便地識別各種基本語法關係短語的構成方式，這裏借鑒本書第 7 節《用語序組合法構成的合成詞》中識別複合式合成詞所使用過的方法，即利用語言環境來識別構成成分之間的語法結構關係的方法，假設構成基本語法結構關係的短語的兩個構成成分前一個爲 A，後一個爲 B，那麼，各種基本語法結構關係的短語所適合的語言環境大致如下：

1、聯合短語

聯合短語可以由多項構成，各項之間表示平起平坐的並列關係，它們在構成上可能有如下三種情形：

（1）「A 和（與／或／並且／以及）B……」——適用於檢測體詞性的聯合短語。

例如：語言文字／經驗教訓／花鳥草蟲／三番五次／北京、上海、廣州／汽車和火車／今天或明天／霸權主義及其幫兇……

這些短語借助所用的判別格式可以理解爲「語言和文字」、「經驗與教訓」、「三番或五次」……

（2）「又Ａ又Ｂ／Ａ並且（而且）Ｂ……」——適用於檢測謂詞性的聯合短語。

例如：調查研究／安靜閒適／卑鄙無恥／高而遠／清新而又涼爽／討論並且通過／一遍又一遍／始終並且永遠……

這些短語借助所用的判別格式可以理解爲「又調查又研究」、「又安靜又閒適」、「卑鄙並且無恥」……

（3）「Ａ不（沒）Ａ／Ａ了沒有」——適用於檢測兩個成分表示相反意義的聯合短語。

例如：是不是／壞沒壞／看電影沒有／願意不願意……

這些短語借助所用的判別格式可以理解爲「是還是不是」、「壞還是沒壞」、「看電影還是沒看」……

另外，辨識聯合短語的時候，還需要注意一些超長的聯合短語的識別，例如（不含括號內的文字）：

① 母親那種勤勞儉樸的習慣、母親那種寬厚仁慈的態度（至今還在我心中留有深刻印象）

② （應該成爲）英勇作戰的模範、執行命令的模範、遵守紀律的模範和內部團結統一的模範

2、定中短語

定中短語的兩個成分具有定語和中心語的主從關係（Ａ從屬於Ｂ），它們在構成上可能有如下三種情形：

（1）「Ａ的Ｂ」（其中「Ｂ」爲體詞性成分）——適用於檢測由形容詞、名詞、代詞作定語的定中短語。

例如：堅強意志／新鮮經驗／明朗的天空／思想的困惑／自然災害／我國／你弟弟／我這裏／那樣的社會……

這些定中短語借助所用的「Ａ的Ｂ」的判別格式很容易識別，即使其中不含結構助詞「的」的，也可以理解爲「Ａ的Ｂ」的關係，例如「堅強的意志」、「新鮮的經驗」、「自然的災害」、「你的弟弟」……

（2）「A 的 B」（A 或者 B 是由數量短語充當的）──意念上仍然相當於「A 的 B」。

例如：億萬人民 / 十來個問題 / 這一陣 / 那一夥……

上面前兩例的「A」由數量短語充當，後兩例的「B」由數量短語充當。不妨可以理解爲：億萬那麼多的人民 / 十來個那麼多的問題 / 像這樣的一陣 / 像那樣的一夥……

（3）「A 的 B」（A 或者 B 是由謂詞性成分充當的──意念上仍然相當於「A 的 B」。

例如：增產措施 / 銷售價格 / 清潔工具 / 清晰思路 / 他的到來 / 列車的奔馳 / 狐狸的狡猾 / 難得的清閒……

上面前四例的「A」由謂詞性成分充當（一、二兩例的「A」爲動詞，三、四兩例的「A」爲形容詞），可以理解爲：增產的措施 / 銷售的價格 / 清潔的工具 / 清晰的思路……後四例的「B」由謂詞性成分充當（五、六兩例的「B」爲動詞，七、八兩例的「B」爲形容詞）。

3、狀中短語

狀中短語的兩個成分具有狀語和中心語的主從關係（A 從屬於 B），它們在構成上可能有如下四種情形：

（1）「A 地 B」（其中「B」爲謂詞性成分）──適用於檢測由形容詞作狀語的狀中短語。

例如：顯著提高 / 粗略統計 / 慢慢走 / 冷靜地思考 / 安安靜靜地休息……

這些狀中短語借助所用的「A 地 B」的判別格式很容易識別，即使其中不含結構助詞「地」的，也可以理解爲「A 地 B」的關係，例如「顯著地提高」、「粗略地統計」、「慢慢地走」……

（2）「A」由副詞、代詞充當、「B」爲謂詞性成分的──這種情形，意念上無需再考慮「A 地 B」的含義。

例如：都參加 / 已經完成 / 很愉快 / 不平凡 / 願意學 / 應該參加 / 可以走 / 要考慮 / 這麼熱 / 那麼親切 / 怎麼辦 / 哪裏逃……

前四例的「A」分別由範圍副詞、時間副詞、程度副詞、否定副詞充當，中間四例的「A」由能願副詞充當，後四例的「A」分別由指代詞或疑代詞充當。

（3）「A」由介賓短語充當、「B」為謂詞性成分的——這種情形，意念上也無需再考慮「A 地 B」的含義。

例如：到黃山旅遊 ／ 把東西拿走 ／ 在倉庫存放 ／ 向高處爬去……

（4）「A」為副詞、「B」由體詞性成分充當的——這種情形，意念上也無需再考慮「A 地 B」的含義。

例如：才五歲 ／ 正好星期天 ／ 別那樣 ／ 都半夜啦……

4、中補短語

中補短語的兩個成分之間大多具有相輔相成的互補關係（B 是 A 的補語 ／ A 是 B 的中心語），它們在構成上可能有如下三種情形：

（1）「A」與「B」之間沒有補語標誌詞的——其中「A」多由謂詞性詞語充任，「B」多由形容詞或疑似程度副詞「極」（其實是表示到了極點的動詞意思）充任。

例如：講清楚 ／ 洗乾淨 ／ 建設成功 ／ 跑不快 ／ 好極了……

可以添加補語標誌理解為：講得清楚 ／ 洗得乾淨 ／ 建設得成功……

（2）「A」與「B」之間含有補語標誌詞的——其中「A」多由謂詞性詞語充任，「B」可以由形容詞或疑似程度副詞「很」（其實是表示厲害、不一般的形容詞意思）充任，也可以由多種複雜的短語結構充任。

例如：寫得好 ／ 小得可憐 ／ 強了許多 ／ 大得很 ／ 白得像雪 ／ 打個落花流水 ／ 落得個清閒自在……

（3）「B」由趨向詞或者數量短語充任的——其中「A」多由動詞充任。

例如：跨進 ／ 唱起 ／ 取下 ／ 摸出 ／ 走出去 ／ 拿出來 ／ 跑上去 ／ 跳下來 ／ 讀一遍 ／ 去一趟 ／ 玩幾天 ／ 打掃一下……

前四例的「B」由單純趨向詞充當，中間四例的「B」由合成趨向詞充當，最後四例的「B」由數量短語充當。

5、動賓短語

動賓短語的兩個成分之間具有支配與被支配的關係（動語 A 支配賓語 B ／ B 被 A 支配），它們在構成上可能有如下五種情形：

（1）「A 著（了 ／ 過）B」（其中「A」必須由謂詞性詞語充任）——適用於檢測一般的動賓短語。

例如：種花／洗衣服／打籃球／解放思想／發展生產／結束訪問／恢復平靜／愛熱鬧／圖清靜／感到溫暖……

可以理解爲：種著花／洗了衣服／打過籃球／解放了思想……

（2）「A」由謂詞性詞語充任，「B」是雙賓語形態或者主謂短語形態的——適用於檢測雙賓語的動賓短語或者主謂短語作賓語的動賓短語。

例如：送他東西／告訴你一件事情／叫她祥林嫂／看見他從車上下來／聽說他生病了／喜歡她聰明伶俐……

前三例的「B」由雙賓語形態構成，後三例的「B」由主謂短語形態構成。

（3）「A」由判斷動詞、確認動詞、比況動詞充任的——適用於檢測斷定意義或者比擬意義的動賓短語。

例如：是那樣的／不是不知道／有新意／沒有工夫／姓趙／叫作高原／等於白搭／成爲模範／像雲霧／猶如一尊佛像……

前兩例的「A」爲判斷動詞，接著六例的「A」爲確認動詞，最後兩例的「A」爲比況動詞。

（4）「A」由引導動詞充任的（其中「B」必須由動詞充任）——適用於檢測引導意義的動賓短語。

例如：進行辯論／予以解決／加以調整……

（5）還要注意一些由形容詞充當動語（A）的情形——因爲它們都符合「A著（了／過）B」的判別格式。

例如：紅過臉／亮了天／好了瘡疤／彎著腰／豐富生活／繁榮經濟／端正態度／嚴肅紀律……

其實，這種情形的「A」已經不是原來意義的形容詞了，既然充當了動賓短語的「動語」，它就已經是一個眞資格的動詞了。

6、主謂短語

主謂短語的兩個成分之間具有被陳述與陳述的關係（B陳述A／A被B陳述），它們在意念上可能有如下兩種判別格式：

（1）「B」由謂詞性成分構成的，意念上可用「A，B了沒有」或者「A是（不是）B」的思維格式來檢驗。——這適用於檢測大多數主謂短語。

例如：他睡了／雞叫了／你們好／水平高／大家討論／學生學習／思想

解放 ╱ 鬥志昂揚 ╱ 物價平穩 ╱ 空氣新鮮 ╱ 衣服漂亮 ╱ 地上有水 ╱ 牆上掛著地圖 ╱ 臺上坐著主席團……

可以理解爲：他睡了沒有 ╱ 雞叫了沒有 ╱ 你們是不是好 ╱ 水平是不是高……

（2）「B」由體詞性成分構成的，意念上可用「A是（不是）B」的思維格式來檢驗。——這適用於檢測少數省略了中心動詞的主謂短語。

例如：今天星期天 ╱ 他四川人 ╱ 天上一顆星 ╱ 山坡上一片花的海洋……

可以理解爲：今天是不是星期天 ╱ 他是不是四川人 ╱ 天上是不是一顆星 ╱ 山坡上是不是一片花的海洋……

二、以某類詞爲標誌構成的短語例釋（共 12 種）

這種類型的短語識別起來較爲簡單，可以借助某類起標誌作用的詞出現的位置或組合關係來識別。現分別例釋如下：

1、系位短語

系位短語是以數詞爲標誌的短語，它是由系數詞與位數詞組合而成的。

例如：二十 ╱ 十五 ╱ 五十八 ╱ 三百二十五 ╱ 第九百八十一 ╱ 三千六百一十四 ╱ 十億九千一百萬……

這種由系數詞與位數詞組合而成的系位短語，可以是系數詞在前、位數詞在後，例如「二十」；也可以是位數詞在前、系數詞在後，例如「十五」；還可以是由系數詞與位數詞交錯組合而成，例如「五十八、三百二十五、三千六百一十四」；有時還可以前加表序數的語素「第」，例如「第九百八十一」。

2、數量短語

數量短語是以量詞爲標誌的短語，它是由數詞跟量詞組合而成的。

例如：一顆 ╱ 三斤 ╱ 兩遍 ╱ 三十二次 ╱ 一百五十元 ╱ 三丈八 ╱ 二斤半 ╱ 一尺七寸 ╱ 四元二角六分 ╱ 一個個 ╱ 一句句 ╱ 一回回 ╱ 三大碗 ╱ 一整天 ╱ 第二天 ╱ 第八個 ╱ 第五屆 ╱ 第一名 ╱ 第三回……

這種由數詞與量詞組合而成的數量短語，可以由數詞與計量詞構成，例如「三斤」；可以由數詞與名量詞構成，例如「一顆」；可以由數詞與動量詞構成，例如「兩遍」；可以由系位短語與量詞構成，例如「三十二次」；可以由數詞與

量詞交錯組合而成，例如「二斤半、四元二角六分」；可以由數詞與量詞的重疊形式構成，例如「一個個、一回回」；可以由數詞與形量短語構成，例如「三大碗、一整天」；有時還可以前加表序數的語素「第」，例如「第二天、第五屆」。

3、指量短語

指量短語是以量詞爲標誌的短語，它由指代詞跟量詞組合而成。

例如：這本 / 那個 / 每次 / 各回 / 某次 / 這兩本 / 那三個 / 每一次……

這種由指代詞與量詞組合而成的指量短語，可以由指代詞與單個量詞構成（例如前五例），也可以由指代詞與數量短語構成（例如後三例）。

4、疑量短語

疑量短語是以量詞爲標誌的短語，它由疑代詞跟量詞組合而成。

例如：哪個 / 何種 / 幾元 / 哪年 / 多少斤 / 哪一位 / 哪兩次……

這種由疑代詞與量詞組合而成的疑量短語，可以由疑代詞與單個量詞構成（例如前五例），也可以由疑代詞與數量短語構成（例如後兩例）。

5、形量短語

形量短語是以量詞爲標誌的短語，它由形容詞跟量詞組合而成。

例如：整塊 / 大件 / 長條 / 薄片 / 小堆……

6、方量短語

方量短語是以量詞爲標誌的短語，它由方位詞跟量詞組合而成。

例如：上次 / 下回 / 前段 / 後排 / 中冊 / 上一次 / 下一回 / 前兩段 / 後三排……

這種由方位詞與量詞組合而成的方量短語，可以由方位詞與單個量詞構成（例如前五例），也可以由方位詞與數量短語構成（例如後四例）。

7、方位短語

方位短語是以方位詞爲標誌的短語，它是由成分詞或短語跟方位詞組合而成的。

例如：桌子上 / 教室裏 / 長江以南 / 解放以前 / 開學以後 / 睡覺前 / 十以內 / 你前邊 / 紅的以外 / 三十以上 / 平凡之中 / 你們三個人中 / 三天之內 / 叫我來之前 / 領袖和戰友之間……

　　這種由成分詞或短語與方位詞組合而成的方位短語，可以由名詞、動詞、形容詞、數詞、代詞等成分詞跟方位詞構成，例如「桌子上、睡覺前、平凡之中、十以內、你前邊」；也可以由系位短語、數量短語、聯合短語、動賓短語、的字短語、復指短語、連動短語、兼語短語等短語跟方位詞構成，例如「三十以上、兩天之內、領袖和戰友之間、吃飯以後、紅的以外、你們三個人中、開口說話之前、叫我來之後」。

8、比況短語

　　比況短語是以比況詞爲標誌的短語，它是由成分詞或短語跟比況詞組合而成的。

　　例如：孩子似的 / 做夢一樣 / 什麼似的 / 電閃雷鳴般 / 綠色海洋一般 / 花兒一樣 / 流星一樣 / 仙境般 / 鋼鐵般 / 發了瘋似的……

　　這種由成分詞或短語跟比況詞組合而成的比況短語，可以由名詞、動詞、疑代詞等成分詞跟比況詞構成，例如「孩子似的、做夢一樣、什麼似的」；也可以由聯合短語、動賓短語、定中短語等短語跟比況詞構成，例如「電閃雷鳴般、發了瘋似的、綠色海洋一般」。

9、介賓短語

　　介賓短語是以介詞爲標誌的短語，它是由介詞跟體詞性詞語組合而成的，介賓短語中的介詞位於具有賓語屬性的體詞性詞語之前。

　　例如：朝上 / 從南 / 向科學 / 爲明天 / 對於朋友 / 在外國 / 比你 / 按計劃 / 由孩子 / 同他們 / 跟我 / 關於學習 / 替大家 / 被別人 / 把東西……

　　之所以說介賓短語位於介詞後邊的體詞性詞語具有賓語屬性，是因爲在語言表述中如果介賓短語一旦脫離開後邊的核心動詞，它自身就會演變爲動賓關係。例如：「書在桌子上放著」，其中的「在桌子上」就是一個介賓短語，如果它一旦脫離開後邊的核心動詞「放」，單說「書在桌子上」，那麼山中無老虎，猴子稱大王，「在桌子上」就由介賓短語轉化爲動賓短語了，所以說介詞「在」後邊的體詞性詞語「桌子上」這個方位短語客觀上就具有賓語屬性。

10、動介短語

　　動介短語是以介詞爲標誌的短語，它是由動詞跟介詞組合而成的，動介短語中的介詞位於具有動語屬性的動詞之後。

例如：放在 ／ 搬到 ／ 來自 ／ 考慮到 ／ 來源於 ／ 分發給……

之所以說動介短語位於介詞前邊的動詞具有動語屬性，是因為在語言表述中動介短語總是帶有賓語並且必須帶有賓語。例如：放在家裏 ／ 搬到車上 ／ 來自四川 ／ 考慮到問題的複雜性 ／ 來源於實踐 ／ 分發給小朋友……正因為動介短語必須聯帶賓語成分，所以說介詞前邊的動詞總是帶有動語屬性。

11、的字短語

的字短語是以結構助詞「的」為標誌的短語，它是由成分詞或短語跟結構助詞「的」組合而成的。

例如：木頭的 ／ 集體的 ／ 吃的 ／ 大的 ／ 紅的 ／ 我的 ／ 這個的 ／ 40 瓦的 ／ 我媽媽的 ／ 更可愛的 ／ 穿大衣的 ／ 唱得最好的 ／ 我拿來的 ／ 咱們大家的 ／ 令人難忘的 ／ 最不應該最要反對的 ／ 所說的 ／ 花一樣的 ／ 從全校同學中選出來的……

這種由成分詞或短語跟結構助詞組合而成的「的字短語」，可以由名詞、動詞、形容詞、代詞等成分詞跟結構助詞「的」構成，例如「木頭的、吃的、大的、我的」；也可以由指量短語、數量短語、定中短語、狀中短語、動賓短語、中補短語、主謂短語、復指短語、連動短語、兼語短語、聯合短語、所字短語、比況短語等各類短語跟結構助詞「的」構成，例如「這個的、40 瓦的、我媽媽的、更可愛的、穿大衣的、唱得最好的、我拿來的、咱們大家的、進城賣菜的、令人難忘的、最不應該最要反對的、所說的、花一樣的」。

12、所字短語

所字短語是以結構助詞「所」為標誌的短語，它是由結構助詞「所」跟動詞或動詞性短語組合而成的。

例如：所見 ／ 所聞 ／ 所需 ／ 所料 ／ 所領導 ／ 所掌握 ／ 所不知 ／ 所未聞 ／ 所低估 ／ 所厚愛 ／ 所不曾預料 ／ 所無法避免 ／ 所不斷追求……

這種由結構助詞「所」跟動詞或動詞性短語組合而成的「所字短語」，位於結構助詞「所」的後邊的詞語必須是動詞或者動詞性短語，結構助詞「所」僅起強調或強化後邊的動詞性成分的作用。

三、幾種具有特殊語法關係的短語例釋（共 5 種）

這種類型的短語內部成分之間的關係不屬於「基本語法結構關係」，也不屬於「以某類詞為標誌」的範疇，故將其稱為「具有特殊語法關係的短語」。現分別例釋如下：

1、復指短語

復指短語的「A」與「B」之間表面上為彼此複合的關係，實際上「A」與「B」是指稱同一對象的不同的體詞性詞語，前一個詞語「A」已經指稱了某個對象，後一個詞語「B」再來重復指稱這個對象，故稱之為「復指短語」。

例如：首都北京 / 卓越的科學家竺可楨 / 他自己 / 我們大家 / 咱們學生 / 你們幾位　她們倆 / 人家方隊長 / 中美兩國 / 秋生他們一夥人 / 西太后那拉氏慈禧……

復指短語是由在言語表達中具有相同的語義所指，在語言結構中具有相同的語法功能的外在形式不同的兩個體詞性語言單位緊密結合而成的造句單位。復指短語的內部構成是比較複雜的，詳見本書第 25 節《復指短語內部直接復指項的確認》的具體論述。

在一些語法論著當中，常將「復指短語」稱作「同位短語」，其實這二者並不是同一事物的不同稱謂，而是不同語法範疇的兩個不同概念，本書主張將「復指」的概念用於短語的稱謂，而將「同位」的概念用於句法成分的稱謂或者放棄不用。詳見本書第 26 節《論「復指」與「同位」》的具體論述。

2、連動短語

連動短語可以由多項構成，各項之間表示同一主體先後發生的連續性動作行為，所謂「連動」就是連續地動，多數具有「先 A 再（然後才能）B……」的意念關係。

例如：進城賣柴 / 進去歇一下 / 拿到院子裏放好 / 擦了一下眼睛問 / 站起身來拉開門走了出去 / 穿上衣服跳下床跑到外間拿出紙筆寫下幾行大字……

這些連動短語借助所用的「先 A 再 B……」的判別格式可以理解為「先進城再賣柴」、「先進去再歇一下」、「先拿到院子裏再放好」、「先擦了一下眼睛再問」、「先站起身來再拉開門再走了出去」、「先穿上衣服再跳下床再跑到外間再拿出紙筆再寫下幾行大字」……

有些由表示確認的動詞「有」或「沒有」充當「A」動詞的連動短語雖然不表示先後發生的連續性動作行為，但仍然具有「先 A 再 B……」的意念關係。

例如：有權接受 ／ 有辦法解決問題 ／ 沒有理由偷懶……

這些第一個動詞為「有」或「沒有」的連動短語借助所用的「先要 A 然後才能 B……」的判別格式也可以理解為「先要有權然後才能接受」、「先要有辦法然後才能解決問題」、「先是沒有理由然後才不會偷懶」……

3、兼語短語

兼語短語在表示先後發生的動作行為「A」與「B」之間存在著一個兼語成分，這個兼語成分既充當前一個動詞「A」的賓語，又充當後一個動詞「B」的主語，故名之曰「兼語」。我們暫且用字母「O」來表示這個兼語成分，那麼典型的兼語短語則具有「由於 A 了 O，於是 O 就 B 了」的邏輯意念關係。各種不同的兼語短語在語法構成上可能有如下三種情形：

（1）前一個動詞「A」是表示使令意義的動詞的，例如：引人發笑 ／ 派他們追查 ／ 使人類的認識提高了一步 ／ 打發他回去 ／ 讓他好好休息 ／ 命令他們轉移 ／ 請他給我講解 ／ 通知他到會 ／ 鼓舞著我們前進 ／ 選他當班長 ／ 提拔你當幹部……

在上述各例中，作為前一個動詞「A」的「引、令、派、使、打發、讓、命令、請、通知、鼓舞、選、提拔」等都是表示使令意義的動詞。可以理解為「由於吸引人，於是人就發笑了」，「由於派了他們，於是他們就追查了」，「由於提拔了你，於是你就當幹部了」……

（2）前一個動詞「A」或者後一個動詞「B」是表示確認意義的動詞的，例如：稱他為球迷 ／ 叫她祥林嫂 ／ 起了個名字叫靈芝 ／ 嫁個丈夫叫萬喜良……

在上述四例中，前兩例前一個動詞「A」是表確認意義的動詞（稱、叫），後兩例後一個動詞「B」是表確認意義的動詞（叫、叫）。

這種第一個動詞不表使令意義的情形，由於不是典型的兼語短語，故用「由於 A 了 O，於是 O 就 B 了」的邏輯意念關係來檢測就略顯不暢，但其作為兼語短語的本質屬性是毋庸置疑的。

（3）前一個動詞「A」是表示確認意義的動詞「有」或者「沒有」的，例如：有個村子叫趙莊／有不少土地可以開墾／有個小孩今年五歲／沒有人說話……

這種第一個動詞也不表使令意義的情形，同樣由於不是典型的兼語短語，故用「由於 A 了 O，於是 O 就 B 了」的邏輯意念關係來檢測也有些許障礙，但其作為兼語短語的本質屬性還是毋庸置疑的。

4、複句短語

複句短語本質上就是一個未能獨立成句的複句結構形式，分句 A 與分句 B（可能還有分句 C……）之間有語音停頓，且具有某種複句關係。例如（不含括號內的文字）：

① （這也就說明）語言可以一視同仁地既為舊的衰亡的制度服務，也為新的上昇的制度服務；既為舊基礎服務，也為新基礎服務；既為剝削者服務，也為被剝削者服務

② （嚇得）他整天睡不好覺，想要跑回家躲起來

③ 「善有善報，惡有惡報；不是不報，時候沒到」（這句話還是有一定道理的。）

在上述三個例子中，例①括號以外的內容就是一個由六個分句構成的「複句短語」，這個複句短語整體充當前邊的動詞「說明」的賓語，並沒有獨立成為一個多重複句，故名「複句短語」；例②括號以外的內容是一個由兩個分句構成的「複句短語」，這個複句短語整體充當前邊的動詞「嚇」的補語，並沒有獨立成為一個複句，故名「複句短語」；例③括號以外的內容是一個由四個分句構成的「複句短語」，這個複句短語整體與後文的「這句話」構成一個復指短語，而這個「復指短語」只是整體充當一個單句的主語，「善有善報，惡有惡報；不是不報，時候沒到」這個複句結構形態僅僅是「復指短語」的一個復指項，並沒有獨立成為一個多重複句，故名「複句短語」。

5、緊縮短語

緊縮短語本質上就是一個未能獨立成句的緊縮句形式，其 A 與 B 兩部分之間儘管沒有語音停頓，但卻隱含有假設、轉折、因果、條件等某種複句關係。

例如：再難也別半途而廢 ╱ 不學不知道 ╱ 非要來不可 ╱ 不說我也知道 ╱ 想說就說　打死我也不怨你 ╱ 想看又不敢看 ╱ 完不成任務不回家 ╱ 不聰明能考上嗎 ╱ 學了才會 ╱ 一聽就明白 ╱ 越幹越有勁 ╱ 站沒站相 ╱ 有事明天再說 ╱ 繳槍不殺 ╱ 人微言輕沒人聽 ╱ 有啥說啥 ╱ 愛給誰給誰 ╱ 你願意去去吧 ╱ 省一點是一點……

由於緊縮短語本質上就是一個未能獨立成句的緊縮句形式，而緊縮句就是由緊縮短語帶上語調或句末標點獨立構成的句子。緊縮短語因為內含複句關係卻沒有分句間的語音停頓，故名「緊縮」，又因為它沒有獨立成句，故名「短語」，將這兩個特點結合在一處，故為「緊縮短語」。

23. 漢語複雜短語的結構分析

由前面兩節對於現代漢語短語結構類型的闡釋可知，無論是自由短語還是固定短語，現代漢語短語的終極分類都可能有 23 種類型，如果對於固定短語不再作內部結構分析的話，那麼將固定短語看作一種形態，加在一起就是 24 種。本文擬選一些複雜短語進行多層次的結構分析，以便於印證這 24 種短語類型在語法分析中的實用性和可操作性。

所謂「複雜短語」就是具有多層結構關係的短語，也可以叫「多層短語」，複雜短語既然是多層短語，要對它進行語法分析就必然是多層次的分析，因為它的各種複雜的語法結構關係不是分佈在同一個層面上的。分析複雜短語的語法結構與語法關係，就是對漢語語法結構的本質認識，也是漢語語法結構分析的基本功，一個漢語語法的駕馭者，只有得心應手地掌握了這種語法分析的基本功，才能對漢語的語言結構瞭如指掌。掌握了分析複雜短語的方法，也就等於掌握了漢語語法的分析利器，推而廣之，至於那些句子成分分析也不過如此而已，自可迎刃而解，渙然冰釋。

分析複雜短語通常有兩種方法可供選擇，一種是由表層到深層（由大到小）的分解方式，一種是由深層到表層（由小到大）的歸納方式。本書所選用的分析方法是由深層到表層逐層歸納的圖解辦法，即通常所說的「由小到大」的圖解分析方法。分析過程中為了便於圖示標註操作，對於這 24 種短語分別省去了「短語」二字，使用短語原稱的前兩個字作為簡稱形式，以利於

標注，即簡稱為（括號內為原稱）：

聯合（聯合短語）、復指（復指短語）、定中（定中短語）、狀中（狀中短語）、中補（中補短語）、動賓（動賓短語）、主謂（主謂短語）、連動（連動短語）、兼語（兼語短語）、系位（系位短語）、數量（數量短語）、指量（指量短語）、疑量（疑量短語）、形量（形量短語）、方量（方量短語）、方位（方位短語）、介賓（介賓短語）、動介（動介短語）、比況（比況短語）、的字（的字短語）、所字（所字短語）、複句（複句短語）、緊縮（緊縮短語）、固定（固定短語）。

用「由小到大」的圖解分析方法分析複雜短語從每個成分詞入手，先為每個可分析的詞添加下橫線，以示其為短語的基本結構要素，凡不充當語法成分的詞就不加下橫線，也不參與圖解分析。由處在最深層的語法結構關係開始分析，逐層向表層歸納，一邊理清並圖解層次，一邊識別並標注關係，最後達到最表層的結構關係，即為該多層短語的結構類型。下面將用圖示的方式逐一分析，並作適當的文字解說：

例1：

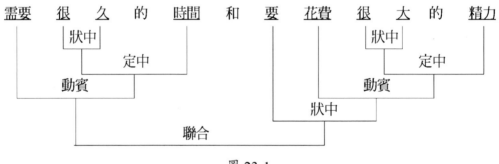

圖 23-1

〔解說1〕

「需要很久的時間和要花費很大的精力」是一個具有五個結構層次的聯合短語，這個聯合短語的前項是一個動賓短語，後項是一個狀中短語，如果將該聯合短語的後項「要花費」看作一個整體的話，其實也是一個動賓短語，之所以將能願副詞「要」剝離開來，整體看作一個狀中短語，是因為「花費……精力」結構中動賓的結合更緊密一些。前後項的動賓短語內部，其賓語都是由一個狀中短語充當定語的定中短語來擔當的。

例2：

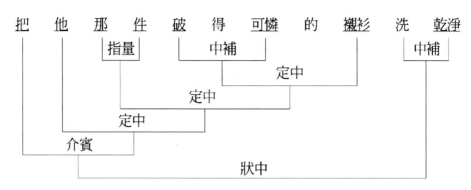

圖 23-2

〔解說2〕

　　「把他那件破得可憐的襯衫洗乾淨」是一個具有六個結構層次的狀中短語，這個狀中短語的中心語「洗乾淨」由一個中補短語充當，它的狀語「把……襯衫」是一個較為複雜的介賓短語，因為介詞「把」一直管到「襯衫」，而「襯衫」前邊有三個分加的定語：「他」、「那件」、「破得可憐」，構成了三個層次的定中短語，其中兩個定中短語的定語又分別由指量短語「那件」和中補短語「破得可憐」充當。

例3：

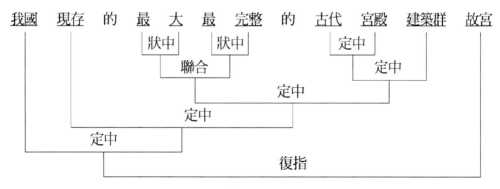

圖 23-3

〔解說3〕

　　「我國現存的最大最完整的古代宮殿建築群故宮」是一個具有六個結構層次的復指短語，這個復指短語的後項是一個單詞「故宮」，前項相當複雜，是一個含有四個層次分加定語的定中短語，這四項分加的定語分別是「我國」、「現存」、「最大最完整」和「古代宮殿」，其中「最大最完整」和「古代宮殿」又是兩個分別由聯合短語與定中短語構成的合加的定語，而在聯合短語「最大最完整」內部又是兩項狀中短語的聯合。

例4：

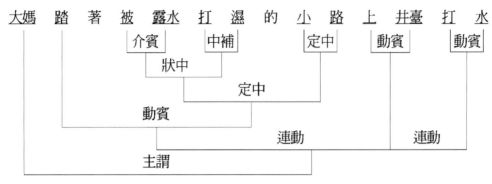

圖 23-4

〔解說 4〕

「大媽踏著被露水打濕的小路上井臺打水」是一個具有六個結構層次的主謂短語，這個主謂短語的主語是「大媽」，謂語「踏著被露水打濕的小路上井臺打水」是一個由三項連動構成的連動短語，這三項連動分別由「踏著被露水打濕的小路」、「上井臺」和「打水」三個動賓短語構成，其中的第一項動作行爲又是由一個複雜的動賓短語充任的。

例5：

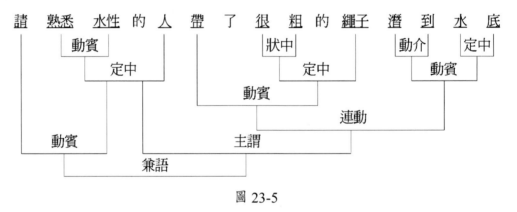

圖 23-5

〔解說 5〕

「請熟悉水性的人帶了很粗的繩子潛到水底」是一個具有六個結構層次的兼語短語，這個兼語短語的兼語成分是一個定中短語「熟悉水性的人」，它充當前面動詞「請」的賓語，又充當後面成分的主語，它後面的成分又是一個由兩項動作行爲構成的複雜的連動短語，這兩項成分分別是兩個動賓短語，即「帶了很粗的繩子」和「潛到水底」，第一個動賓短語的賓語是一個由狀中短語「很粗」作定語的定中短語，第二個動賓短語的動語是由一個動介短語「潛到」來充當的，定中短語「水底」是它的賓語。

例 6：

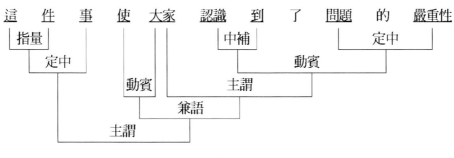

圖 23-6

〔解說 6〕

「這件事使大家認識到了問題的嚴重性」是一個具有五個結構層次的主謂短語，這個主謂短語的主語「這件事」是一個由指量短語充當定語的定中短語，謂語是一個複雜的兼語短語。

例 7：

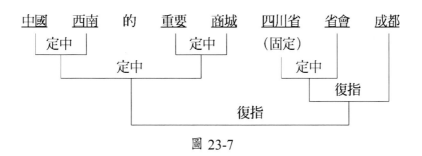

圖 23-7

〔解說 7〕

「中國西南的重要商城四川省省會成都」是一個具有四個結構層次的復指短語，它的前項「中國西南的重要商城」是一個帶有雙層定語的定中短語，後項「四川省省會成都」也是一個復指短語。

例 8：

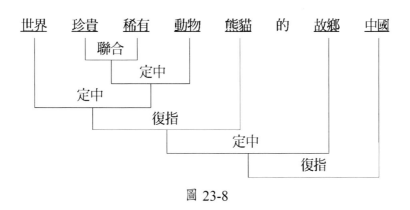

圖 23-8

〔解說 8〕

「世界珍貴稀有動物熊貓的故鄉中國」是一個具有六個結構層次的復指短語,這個復指短語的後項是「中國」,前項比較複雜,是一個由另外一個復指短語充當定語的定中短語,在這個定中短語中,復指短語「世界珍貴稀有動物熊貓」充當中心語「故鄉」的定語,而復指短語「世界珍貴稀有動物熊貓」的後項是「熊貓」,前項「世界珍貴稀有動物」又是一個較為複雜的定中短語。

例 9:

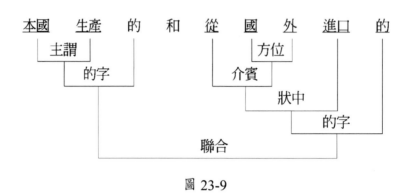

圖 23-9

〔解說 9〕

「本國生產的和從國外進口的」是一個具有五個結構層次的聯合短語,這個聯合短語的兩個並列項分別由「的字短語」構成,前一個「的字短語」內含兩個層次,後一個「的字短語」較為複雜,內含四個層次。

例 10:

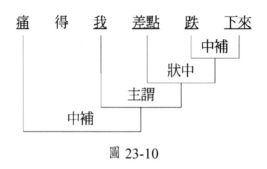

圖 23-10

〔解說 10〕

「痛得我差點跌下來」是一個具有四個結構層次的中補短語,這個中補短語的補語由一個主謂短語「我差點跌下來」擔任,而這個主謂短語內部的謂語又是一個狀中套中補的結構形式。

例 11：

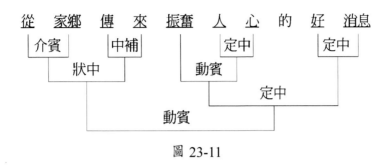

圖 23-11

〔解說 11〕

　　「從家鄉傳來振奮人心的好消息」是一個具有四個結構層次的動賓短語，這個動賓短語的動語是「從家鄉傳來」這樣一個狀中短語，賓語是「振奮人心的好消息」這樣一個定中短語。這個短語也可以整體看作是一個狀中短語，狀語是「從家鄉」，中心語由「傳來振奮人心的好消息」這樣一個動賓短語充任。當一個動詞性成分（比如此例中的「傳來」）前邊有狀語、後邊有賓語的時候，將其整體看作是「狀中短語」或者「動賓短語」都是有道理的，這要根據具體的語言環境來決定，考慮到這個例子的語意停頓應該是在「傳來」之後，表示「從家鄉傳來……什麼」的意思，故將其整體看作是一個動賓短語。

例 12：

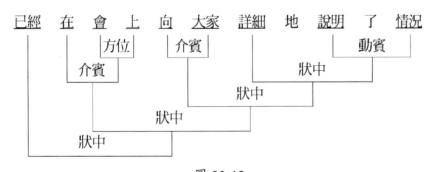

圖 23-12

〔解說 12〕

　　「已經在會上向大家詳細地說明了情況」是一個具有五個結構層次套有四層狀語的狀中短語，這個狀中短語的中心語是由一個動賓短語「說明了情況」充任的，前邊的四個狀語分別是副詞「已經」、介賓短語「在會上」、介賓短語「向大家」和形容詞「詳細」。

例 13：

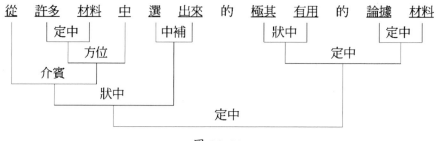

圖 23-13

〔解說 13〕

　　「從許多材料中選出來的極其有用的論據材料」是一個具有五個結構層次的較爲複雜的定中短語，這個定中短語的中心語「極其有用的論據材料」又是一個套有兩層定語的定中短語。而整個定中短語的定語「從許多材料中選出來」就更是一個複雜的狀中短語。

例 14：

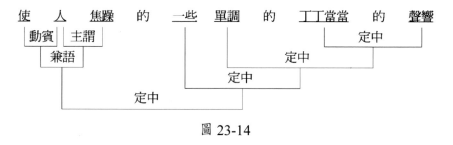

圖 23-14

〔解說 14〕

　　「使人焦躁的一些單調的丁丁當當的聲響」是一個套有四層分加定語的定中短語，這個定中短語深層的中心語是「聲響」，前邊的四個定語分別是「使人焦躁」、「一些」、「單調」和「丁丁當當」，而位於最前面的一個定語「使人焦躁」則又是一個兼語短語。

例 15：

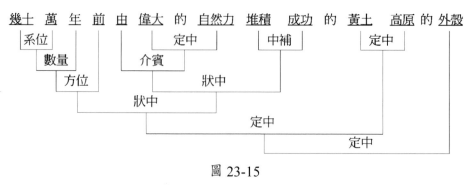

圖 23-15

〔解說 15〕

　　「幾十萬年前由偉大的自然力堆積成功的黃土高原的外殼」是一個具有六個結構層次的複雜的定中短語，它的中心語是一個簡單的名詞「外殼」，而「外殼」的定語則是一個擁有複雜的合加定語的定中短語，這個複雜的定中短語的中心語是「黃土高原」，它前面的定語「幾十萬年前由偉大的自然力堆積成功」則是一個複雜的狀中短語，而這個狀中短語的中心語「堆積成功」之前又有兩個分加的複雜的狀語。

例 16：

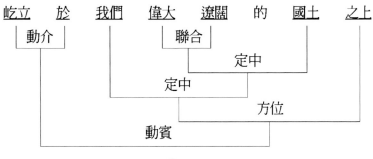

圖 23-16

〔解說 16〕

　　「屹立於我們偉大遼闊的國土之上」是一個具有五個結構層次的動賓短語，這個動賓短語的動語由「屹立於」這樣一個動介短語充當，它的賓語由「我們偉大遼闊的國土之上」這樣一個方位短語充當。傳統語法都將這類語法結構看作是動補結構，即認為「於我們偉大遼闊的國土之上」這個介賓短語整體作動詞「屹立」的補語。我們認為它的語義停頓應該是在「於」字之後，而不是停頓在「於」字之前，故「屹立於」應該是一個由「動介短語」構成的整體表意單位，後面的方位短語是它的賓語，而不是補語。

例 17：

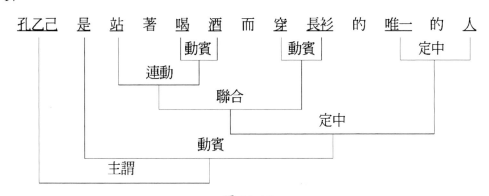

圖 23-17

〔解說 17〕

「孔乙己是站著喝酒而穿長衫的唯一的人」是一個具有六個結構層次的主謂短語，這個主謂短語的主語是「孔乙己」，謂語是一個複雜的動賓短語，判斷動詞「是」的賓語「站著喝酒而穿長衫的唯一的人」則是一個具有複雜定語的定中短語，這個定中短語的前一個定語「站著喝酒而穿長衫」也較為複雜。

例 18：

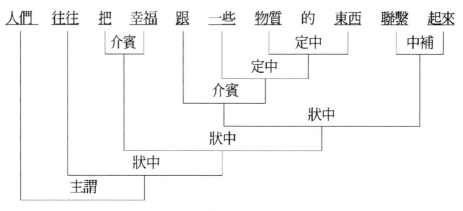

圖 23-18

〔解說 18〕

「人們往往把幸福跟一些物質的東西聯繫起來」是一個具有七個結構層次的主謂短語，這個主謂短語的主語是「人們」，謂語是一個具有多層分加狀語的狀中短語，這個狀中短語的深層中心語是「聯繫起來」，它前邊有三個分加的狀語，分別是副詞「往往」、介賓短語「把幸福」、介賓短語「跟一些物質的東西」。

例 19：

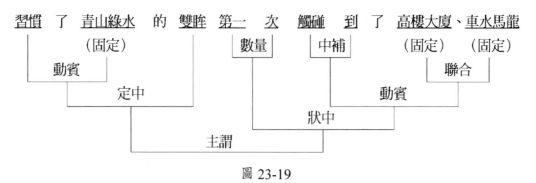

圖 23-19

〔解說 19〕

「習慣了青山綠水的雙眸第一次觸碰到了高樓大廈、車水馬龍」是一個具有四個結構層次的主謂短語，這個主謂短語的主語「習慣了青山綠水的雙眸」是一

個由動賓短語「習慣了青山綠水」作定語的定中短語，這個主謂短語的謂語是一個較為複雜的狀中短語。整個語言結構中的「青山綠水」、「高樓大廈」、「車水馬龍」這三個成語可以看作固定短語，不做分析。

例20：

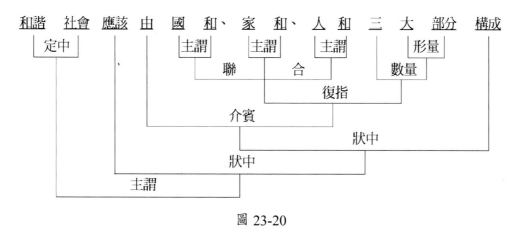

圖 23-20

〔解說 20〕

　　「和諧社會應該由國和、家和、人和三大部分構成」是一個具有七個結構層次的主謂短語，這個主謂短語的主語是「和諧社會」，謂語是一個複雜結構的狀中短語，其中有一個由介賓短語「由國和、家和、人和三大部分」充當的狀語最為複雜，它是用介詞「由」和一個復指短語「國和、家和、人和三大部分」構成的，這個復指短語的前項「國和、家和、人和」又是由三項主謂結構構成的聯合短語。

例21：

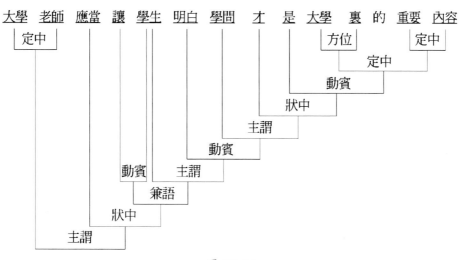

圖 23-21

〔解說 21〕

　　「大學老師應當讓學生明白學問才是大學裏的重要內容」是一個具有十個結
構層次的主謂短語，它的主語是「大學老師」，謂語中含有一個複雜結構的兼語短
語「讓學生明白學問才是大學裏的重要內容」，其中的動語「明白」所帶的賓語「學
問才是大學裏的重要內容」則又是一個複雜的主謂短語。

例 22：

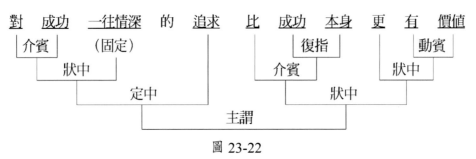

圖 23-22

〔解說 22〕

　　「對成功一往情深的追求比成功本身更有價值」是一個具有四個結構層次的
主謂短語，這個主謂短語的主語「對成功一往情深的追求」由一個定中短語充當，
謂語「比成功本身更有價值」由一個狀中短語來充任。

例 23：

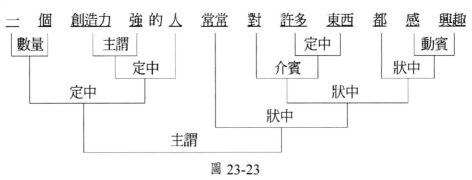

圖 23-23

〔解說 23〕

　　「一個創造力強的人常常對許多東西都感興趣」是一個具有五個結構層次的
主謂短語，這個主謂短語的主語「一個創造力強的人」由一個定中短語充當，謂
語「常常對許多東西都感興趣」由一個具有多層狀語的狀中短語來充任。

例 24：

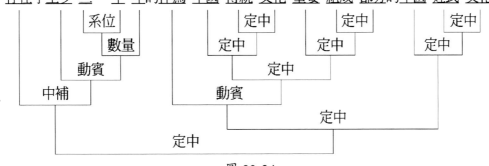

圖 23-24

〔解說 24〕

「存在了至少三千年的作爲中國傳統文化重要組成部分的中國姓氏文化」是一個具有六個結構層次的定中短語，其中位於最後的深層中心語「文化」前邊共有四個遞加的定語，它們由後至前看分別是：「姓氏」、「中國」、「作爲中國傳統文化重要組成部分」、「存在了至少三千年」。特別是處在前邊的兩個定語，一個「存在了至少三千年」由中補短語構成，一個「作爲中國傳統文化重要組成部分」由動賓短語構成，而且這兩個定語自身也都比較複雜。

例 25：

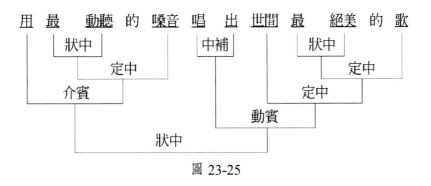

圖 23-25

〔解說 25〕

「用最動聽的嗓音唱出世間最絕美的歌」是一個具有五個結構層次的狀中短語，這個狀中短語的狀語由一個介賓短語「用最動聽的嗓音」構成，而它的中心語「唱出世間最絕美的歌」則由一個較爲複雜的動賓短語來充當。

例 26：

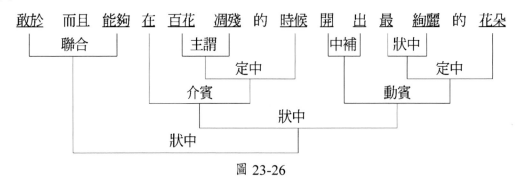

圖 23-26

〔解說 26〕

「敢於而且能夠在百花凋殘的時候開出最絢麗的花朵」是一個具有五個結構層次的狀中短語，它的中心語「開出最絢麗的花朵」是一個動賓短語，中心語前邊有兩個狀語，一個是聯合短語「敢於而且能夠」，一個是介賓短語「在百花凋殘的時候」。

例 27：

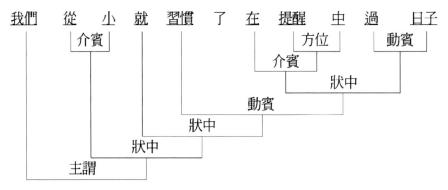

圖 23-27

〔解說 27〕

「我們從小就習慣了在提醒中過日子」是一個具有七個結構層次的主謂短語，這個主謂短語的主語是「我們」，謂語是一個較為複雜的具有兩個層次狀語的狀中短語，而這個狀中短語的中心語「習慣了在提醒中過日子」又是一個複雜的動賓短語。

例 28：

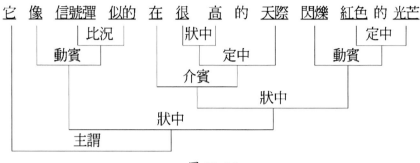

圖 23-28

〔解說 28〕

　　「它像信號彈似的在很高的天際閃爍紅色的光芒」是一個具有六個結構層次的主謂短語，這個主謂短語的主語是「它」，謂語是一個較爲複雜的狀中短語，這個狀中短語的中心語是由動賓短語「閃爍紅色的光芒」充任的，中心語前面的兩個狀語分別由動賓短語「像信號彈似的」與介賓短語「在很高的天際」構成。

例 29：

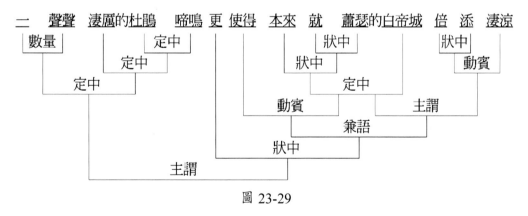

圖 23-29

〔解說 29〕

　　「一聲聲凄厲的杜鵑啼鳴更使得本來就蕭瑟的白帝城倍添凄涼」是一個具有七個結構層次的主謂短語，這個主謂短語的主語是「一聲聲凄厲的杜鵑啼鳴」這個定中短語，謂語是一個內含兼語短語「使得本來就蕭瑟的白帝城倍添凄涼」的狀中短語，而作爲這個狀中短語的中心語的兼語短語又相當複雜。

例 30：

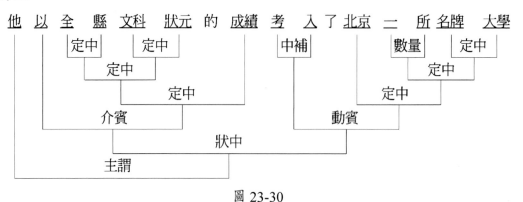

圖 23-30

〔解說 30〕

　　「他以全縣文科狀元的成績考入了北京一所名牌大學」是一個具有六個結構層次的主謂短語，這個主謂短語的主語是「他」，謂語是一個相當複雜的狀中短語，這個狀中短語的中心語由一個複雜的動賓短語「考入了北京一所名牌大學」充任，而狀語則由一個複雜的介賓短語「以全縣文科狀元的成績」構成。

例 31：

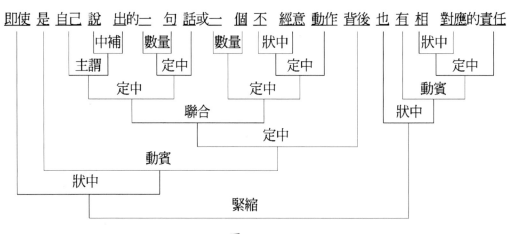

圖 23-31

〔解說 31〕

　　「即使是自己說出的一句話或一個不經意動作背後也有相對應的責任」是一個含有多層結構的緊縮短語（如果把關聯成分「即使」、「也」算在內共有八個層次），這個緊縮短語的前項是「自己說出的一句話或一個不經意動作背後」，後項是「有相對應的責任」，二者借助關聯成分「即使是……也……」顯示其內在隱含有假設複句的關係。

例 32：

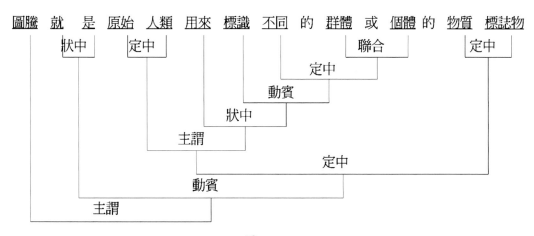

圖 23-32

〔解說 32〕

「圖騰就是原始人類用來標識不同的群體或個體的物質標誌物」是一個具有八個結構層次的主謂短語，這個主謂短語的主語是「圖騰」，謂語是一個較爲複雜的動賓短語，這個動賓短語的賓語「原始人類用來標識不同的群體或個體的物質標誌物」又是一個含有複雜的主謂短語作定語的複雜的定中短語。

例 33：

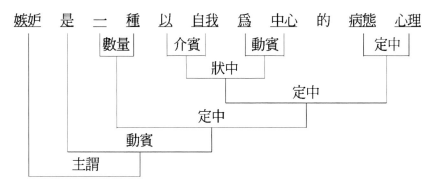

圖 23-33

〔解說 33〕

「嫉妒是一種以自我爲中心的病態心理」是一個具有六個結構層次的主謂短語，這個主謂短語的主語是「嫉妒」，謂語是一個較爲複雜的動賓短語。

例 34：

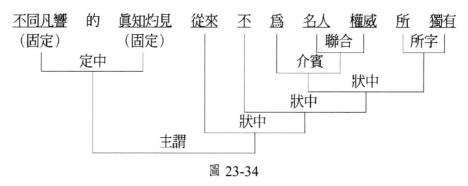

圖 23-34

〔解說 34〕

「不同凡響的眞知灼見從來不爲名人權威所獨有」是一個具有六個結構層次的主謂短語，這個主謂短語的主語「不同凡響的眞知灼見」由一個內含兩個成語的定中短語充當，謂語「從來不爲名人權威所獨有」由一個較爲複雜的狀中短語來充任，這個狀中短語的深層中心語是一個謂詞性的「所字短語」。

例 35：

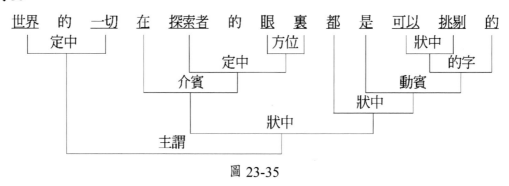

圖 23-35

〔解說 35〕

「世界的一切在探索者的眼裏都是可以挑剔的」是一個具有六個結構層次的主謂短語，這個主謂短語的主語「世界的一切」由一個定中短語充當，謂語「在探索者的眼裏都是可以挑剔的」由一個較爲複雜的狀中短語來充任。

例 36：

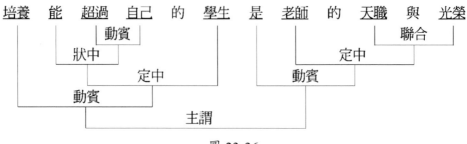

圖 23-36

〔解說 36〕

「培養能超過自己的學生是老師的天職與光榮」是一個具有五個結構層次的主謂短語，這個主謂短語的主語「培養能超過自己的學生」和謂語「是老師的天職與光榮」都由動賓短語來充任。

例 37：

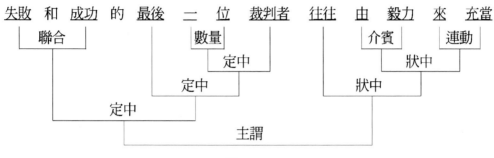

圖 23-37

〔解說 37〕

「失敗和成功的最後一位裁判者往往由毅力來充當」是一個具有五個結構層次的主謂短語，這個主謂短語的主語由一個複雜的定中短語充當，謂語由一個複雜的狀中短語來充任。

例 38：

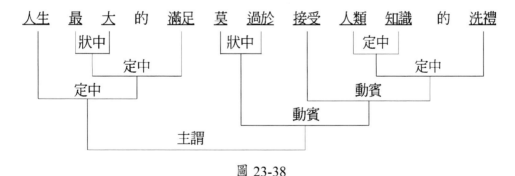

圖 23-38

〔解說 38〕

「人生最大的滿足莫過於接受人類知識的洗禮」是一個具有五個結構層次的主謂短語，這個主謂短語的主語「人生最大的滿足」由一個定中短語充當，謂語「莫過於接受人類知識的洗禮」由一個較為複雜的動賓短語來充任。

例 39：

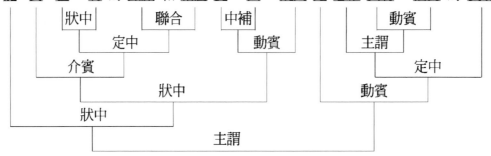

圖 23-39

〔解說 39〕

「能對已有的知識和結論提出疑問是思維具有活力的表現」是一個具有六個結構層次的主謂短語，這個主謂短語的主語「能對已有的知識和結論提出疑問」由一個較爲複雜的狀中短語充當，謂語「是思維具有活力的表現」由一個判斷形式的動賓短語來充任。

例 40：

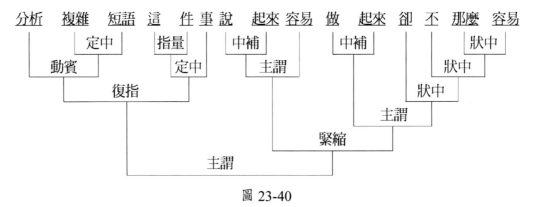

圖 23-40

〔解說 40〕

「分析複雜短語這件事說起來容易做起來卻不那麼容易」是一個具有六個結構層次的主謂短語，這個主謂短語的主語是「分析複雜短語這件事」，它是一個復指短語，這個復指短語的前項由一個動賓短語充任，後項由一個用指量短語作定語的定中短語來充任；這個主謂短語的謂語「說起來容易做起來卻不那麼容易」由一個內含轉折複句關係的緊縮短語來充任，其隱含的意思是「雖然說起來容易，可是做起來卻不那麼容易」。

綜上分析，可以說，漢語的語法結構是變幻莫測的，它不是簡單的線性結構，而是錯綜的網狀結構，也可以說，漢語的任何一種語法結構關係都可能出現在語言結構的表層，也都可能出現在語言結構的深層，這就如同中國的圍棋一樣，每一顆棋子的作用都是一樣的，你把它放在哪裏，那就是駕馭者的藝術功力了。漢語不是沒有語法，而是法無定法，漢語表達不是不可以進行理性的語法分析，而是不可以像印歐語系語言的語法那樣線性地理解，這些都需要借助更多樣形態的語法結構分析實踐來加深認識，本節分析尚未深入到漢語語法結構的方方面面，僅此拋磚引玉而已。

24. 漢語短語的結構類型辨難

短語是兩個或兩個以上在意義上有聯繫的造句單位按照一定的語法關係組合成的語法結構，它是句子內部的語法單位，它在結構上大於單詞，至少應該由兩個單詞構成，而在功能上小於句子，它不含句子的語調特徵。此前本書已經論及，自由短語內部含有 23 種終級類型，如果再加上固定短語，則有 24 種可供最終認定的短語形態，即：

聯合短語、復指短語、定中短語、狀中短語、中補短語、動賓短語、主謂短語、連動短語、兼語短語、系位短語、數量短語、指量短語、疑量短語、形量短語、方量短語、方位短語、介賓短語、動介短語、比況短語、的字短語、所字短語、複句短語、緊縮短語、固定短語。

上述 24 種結構關係的短語在進行複雜短語結構分析的時候，無論出現在表層結構上還是出現在深層結構中，都需要認真識別與辨別，而且在某些短語之間總會存在著若干彼此難分的情形，諸如：連動短語與兼語短語的區分、兼語短語與由主謂短語充當賓語的動賓短語的區分、動賓短語與中補短語的區分等等，這就會使眾多學習者疑惑不解。然而，事物與事物之間的的界限雖然並非絕對清楚，但總是可以大體區分的，本節試對這些難以區分的問題略作闡釋，以期明辨是非，其中不乏不好定性者，也一併提出討論，以求進一步研討切磋。

一、聯合短語與連動短語的區分

聯合短語內部依據構成成分的性質可分為名詞性聯合短語、動詞性聯合短語、形容詞性聯合短語等，其中的動詞性聯合短語容易與連動短語劃不清界線。

這大致有如下三種情形：

其一，**兩個動作行爲同時發生而並非先後發生的**

例如：調查研究／貫徹執行／檢舉揭發

這一類應看作聯合短語，而不宜看作連動短語。因爲連動短語的兩個動作具有連續性，必有先後之分，而上述短語則含有「一邊調查一邊研究」、「一邊貫徹一邊執行」、「一邊檢舉一邊揭發」的意思。

其二，**兩個動作行爲雖不是同時發生，但在更大的範圍內可視爲同時進行的**

例如：能文能武／讀書寫字／上午考語文下午考數學

這一類也應看作聯合短語，而不宜看作連動短語。因爲「文」和「武」、「讀書」和「寫字」、「考語文」和「考數學」雖然不能同時進行，但它們分別是在更大的範圍內針對一個人的才幹的兩個方面、針對一個人的行爲的兩種狀態、針對一天內的考試科目所含有的兩方面內容而言的，而並非側重表達孰先孰後的意思，更何況它們也能顛倒說成「能武能文」、「寫字讀書」、「下午考數學上午考語文」。

其三，**兩個動作行爲雖有明顯的先後關係，但中間有關聯詞語或語音停頓（書面上有標點符號）的**

例如：整頓和提高／討論並且通過／恢復、發展／跑步、游泳、打網球

這一類更應看作聯合短語，而不能看作連動短語。因爲連動短語的本質特徵在於「連續」地「動」，中間不能有間隔，而在兩個動作行爲之間如果有了關聯詞語或語音停頓則等於有了間隔，從而增強了彼此的並列關係，喪失了動作行爲的連續性，就不應再視爲連動關係了。

二、連動短語與狀中短語的區分

連動短語的本質特徵除了具有動作的連續性之外，還具有幾個連續性動作共主語的特徵，也就是說它的幾個連續性動作應當是先後陳述同一個主語的。理解了這一點就不會將某些連動短語的前一個動作誤認爲是後一個動作的修飾成分，這就涉及到了某些連動短語和某些狀中短語的區分問題，大致有如下兩種情形：

其一，**前一個動詞帶動態詞「著」的**

例如：躺著看書／蹲著講話／靠著牆站著／蒙著頭睡大覺

這一類應看作連動短語，而不宜看作狀中短語，去讓「躺著」、「蹲著」、「靠著牆」、「蒙著頭」作狀語。因爲前一個動作行爲也是用來陳述主語的，它與後一個動作行爲是共主語的，是說某人「躺著呢，看書呢」、「蹲著呢，講話呢」、「靠著牆呢，站著呢」、「蒙著頭呢，睡大覺呢」。

其實這兩個動作行爲在最初階段還是有短暫的先後關係的，試想，總要先躺下去再看書，才叫「躺著看書」，總要先蒙著頭再睡大覺，才叫「蒙著頭睡大覺」的，其餘依此類推。

更何況兩個動作行爲之間還可插進別的詞語，就像上文所表述的那樣，說成「他躺著呢，看書呢」，「他蒙著頭呢，一直在睡大覺呢」……可見兩個動作行爲之間的聯繫並不像狀語和中心語之間的狀中關係那麼緊密。

再說，有些情形是前一個動詞帶了動態助詞「著」卻一點也不含有修飾後一個動詞的意思，如「留著不用」、「看著好玩」、「嚼著有味道」等，要麼從正反兩方面表達，要麼從原因結果兩方面交代，但都有先後連續性，只能看作連動短語，不能看作狀中短語。

其二，後一個動詞是「說」、「道」等的

例如：讚揚說 / 諷刺道 / 開玩笑說 / 大聲議論道

這一類也應看作連動短語，而不宜將其看作狀中短語，讓「讚揚」、「諷刺」、「開玩笑」、「議論」等作狀語，因爲前後兩個動詞是共同陳述同一個主語的，是說「某人讚揚，某人說」、「某人諷刺，某人道」，其餘依此類推。

有人認爲後一個動詞如果是「說」的，前一個動詞後邊有時能加結構助詞「地」，如「讚揚地說」、「開玩笑地說」等，其實，這個結構助詞「地」用得並不規範，即使承認它的合法性，我們也只能說，加「地」的是狀中短語，不加「地」的是連動短語。就像「我們的教師」與「我們教師」兩個名詞性短語，加「的」的是定中短語，不加「的」的是復指短語的道理一樣。更何況前一個動詞還可帶賓語呢？如說成「讚揚他們說」、「諷刺這幾個人道」等，這種情況總不好看成狀中短語了吧。而「大聲議論道」中的「大聲」是後面的動詞「議論」與「道」的共有的狀語，這樣一來，「議論」也就不便再作狀語了。

三、連動短語與緊縮短語的區分

如上所述，連動短語的動作連續性特徵不允許在它的連續性動作行爲之間

加入關聯詞語或隱含有關聯詞語，從而造成語音停頓或語意間歇，否則就不是連動短語而是緊縮短語了，這就涉及到某些連動短語和某些緊縮短語的區分問題，大致有如下兩種情形：

其一，**幾個連續性動作行為之間有關聯詞語的**

例如：一聽就懂／學了才會／越幹越有勁／再難也別半途而廢

這一類應看作緊縮短語，而不宜看作連動短語。因為「一……就……」、「才」、「越……越……」、「再……也……」等關聯成分明顯地表示出它們分別具有條件、假設等複句關係，所以是複句關係的緊縮形式。可看作緊縮短語。

其二，**幾個連續性動作之間隱含著複句關係或可以添加上關聯詞語的**

例如：繳槍不殺／有事明天再說／省一點是一點／人微言輕沒人聽

這一類也應看作緊縮短語，而不宜看作連動短語，因為內部明顯含有假設、條件、因果等關係，如可以添加上關聯成分說成「如果（或只要）你繳槍，那麼就不殺你」、「如果有事，那麼明天再說」、「只要省一點，那麼就是一點」、「因為人微言輕，所以沒人聽」之類，可見它們都不是連動短語。

四、連動短語與主謂短語的區分

一般情況下，連動短語不會與主謂短語相混淆，但有些主謂短語的主語是由一個動作行為來充當的，這就涉及到了某些主謂短語與連動短語的區分問題。

例如：找人家做什麼／坐飛機也行／出門挺方便／過生日真高興

這一類短語的前一部分動作行為都是被陳述對象，後一部分內容是對前一部分進行陳述的，因此應視為主謂短語，特別是後兩例的後一部分內容「挺方便」和「真高興」是形容詞性的，就更不宜看作連動短語了。

五、連動短語與兼語短語的區分

連動短語的幾個動作行為共同陳述同一個主語，而兼語短語的兩個動作行為不共同陳述同一個主語，它的後一個動作行為是陳述兼語的。一般的兼語短語因為前一個動詞表使令意義，所以通常不會與連動短語相混淆，而動詞「有」或「沒有」既可做兼語短語的第一個動詞，也可做連動短語的第一個動詞，這就涉及到了某些連動短語和某些兼語短語的區分問題。例如：

甲類（連動短語）

有權接受 ／ 有事不能來 ／ 有辦法解決問題 ／ 沒理由偷懶 ／ 沒有力量還擊

乙類（兼語短語）

有人接受 ／ 有人不能來 ／ 有個人在招呼他 ／ 沒有誰說話 ／ 沒有燈光照亮

　　區分的辦法就是以是否共主語為標準，甲類的幾個動作行為都是同一主體發出的，因此是連動短語，乙類的後一個動作行為是前一個動詞的賓語發出的，它是陳述兼語成分的，因此是兼語短語，如：甲類的第一、二例是說「某人有權（某人）接受」，「某人有事（某人）不能來」；而乙類的第一、二例是說「有那麼一個（一些）人，那個（那些）人肯接受」，「有那麼一個（一些）人，那個（那些）人不能來」。其餘各例可依此類推。

六、兼語短語與動賓短語的區分

　　一般的動賓關係短語通常不會與兼語短語混為一談，只有那些賓語由主謂短語充當的動賓短語才極容易被誤認為是兼語短語，乃至於一些影響較大的語法教材在講兼語短語時都誤收其例，這就涉及到了某些動賓短語與兼語短語的區分問題。例如：

甲類（兼語短語）：

派人追查 ／ 讓他好好休息 ／ 命令他從車上下來 ／ 要求他們努力工作

乙類（動賓短語）：

發現人追查 ／ 希望他好好休息 ／ 看見他從車上下來 ／ 喜歡他們努力工作

丙類（動賓短語）：

是他在追查 ／ 是這道題太難了 ／ 嫌這筐蘋果小 ／ 恨他卑鄙無恥

　　現分別以甲、乙、丙三類中的第一例為代表來分析一下其語法結構的不同：

圖 24-1

區分的辦法有二：

一個辦法是看前一個動詞的性質：兼語短語的前一個動詞通常是表「使令」意義的動詞或表「有無」意義的動詞；而主謂短語作賓語的動賓短語的前一個動詞通常是表感官行為或心理活動的動詞，有時也可能是判斷動詞。因此，上述甲類各例是兼語短語，而乙類和丙類各例是動賓短語。

另一個辦法是看「動1」（指第一個動詞）與「動2」（指第二個動詞，也可能是形容詞）的關係：一般來說，兼語短語的「動1」與「動2」的關係是「由於動1便動2」，而主謂短語作賓語的動賓短語的「動1」與「動2」的關係是「由於動2才動1」（其中「動1」為判斷動詞「是」的另當別論）。

例如上述甲類最後一例是「由於要求（動1）他們，他們便努力工作（動2）」，因此是兼語短語，而乙類最後一例是「由於他們努力工作（動2）才喜歡（動1）他們」，並不是「由於喜歡他們，他們才努力工作」。喜歡的是「他們努力工作」，而不僅僅是「他們」，「他們努力工作」整體作「喜歡」的賓語，因此是動賓短語，其餘各例均可依此類推。

至於丙類例與甲類例的不同則在於丙類的前兩例的「動1」是判斷動詞，後兩例的「動1」是表心理活動的動詞，而判斷動詞與心理動詞通常是不適合作兼語短語的第一個動詞的，就更不應該看作是兼語短語了。

七、動賓短語與中補短語的區分

一般說來，動詞後邊的成分，凡體詞性的為賓語，謂詞性的才有資格作補語，但也不是所有謂詞性的都是補語，大約是形容詞、趨向詞經常作補語。如果是數量短語位於動詞之後，則名量短語作賓語，而動量短語作補語。這是區分賓語和補語的一般原則，也是區分動賓短語和中補短語的一般方法。關於這些由於識別起來沒有什麼困難，我們就不在這裏詳加討論了。這裏想要涉及的是一種動詞之後連有介詞，介詞之後再帶賓語，即「動—介—賓」的結構關係是屬於動賓短語還是屬於中補短語的問題，對此，傳統的觀點及目前的絕大多數漢語語法論著都認為是介賓短語作補語，整體屬於中補短語；我對此持相反的看法，覺得還是將其整體看作動賓短語為好。例如：

產於非洲 / 落在別人後面 / 歸功於人工選擇 / 告訴給我祖國的朋友們

現以「歸功於人工選擇」為例分析一下兩種看法的本質不同：

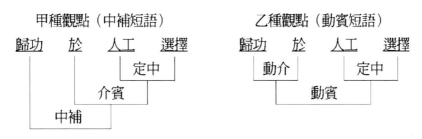

圖 24-2

這兩種觀點的分歧在於：當介詞位於動詞之後時，是跟前邊的動詞聯繫緊密，還是跟後邊的體詞性成分聯繫緊密。我們認為，上述乙種觀點更符合語法結構的內在規律，因為，凡介詞位於動詞之後者，介詞同前邊動詞的聯繫緊密度大於介詞同後邊體詞性成分的聯繫，其內部語音間歇也往往在介詞之後，介詞先跟前邊的動詞構成「動介短語」作動語，然後再來關涉後面的體詞性賓語。

其實，這種情況在英語中是極其常見的，由一個不及物動詞加上一個介詞構成動詞短語，如 pick up（拿起）、look for（尋找）、think of（考慮）等，我們完全可以把這類短語稱為「動介短語」，在漢語中它的作用相當於一個及物動詞，可以帶賓語。我們舉例中的「產於」、「落在」、「歸功於」、「告訴給」都屬於這類動介短語，那麼它們帶上賓語後當然是動賓短語了。更何況，有時介詞後面的成分是相當複雜的，例如：

① 光柱子**落在**櫃檯外面晃動著的幾頂舊氈帽上。（葉聖陶《多收了三五斗》）

② 什麼樣的鈸聲能**響亮到**足以歌頌它那得來不易的剎那歡娛呢？（法布爾《蟬》）

③ 而統治階級之間的和解又主要的是**決定於**雙方力量的對比，以及由此產生的封建關係的改善。（翦伯贊《內蒙訪古》）

上述三例都只能將「落在」、「響亮到」、「決定於」看作是動介短語，將這個動介短語後面的內容看作是動介短語的賓語，將動介短語及其後面的內容整體看作動賓短語；否則，單獨一個介詞沒有能力控制得了後邊的複雜內容構成介賓短語，誰能說例③中的「於雙方力量的對比，以及由此產生的封建關係的改善」這還是一個介賓短語呢？如果再把它們整體視作由介賓短語作補語的中補短語，則顯得不盡情理了。

八、動賓短語與比況短語的區分

　　按理說，動賓短語是不容易與比況短語混爲一談的，這裏指的是「比況動詞（像、好像、好似、如、猶如、如同……）＋詞語＋比況詞（一樣、似的、般、一般）」這一類情形。黃伯榮、廖序東主編的《現代漢語》在講到比況短語時舉例：暴風雨般的／死一般的／木頭似的／觸電一樣／落湯雞似的。說這些是比況短語，基本正確，但略有不足，其中前兩例「暴風雨般的／死一般的」的正確表述應爲「暴風雨般／死一般」，因爲「般」和「一般」是比況詞，後面沒有「的」，只有「似的」才有「的」。更爲不可思議的是該書接著提到：

　　　　用來比喻的成分以名詞爲常，動詞、形容詞較少。這種短語因
　　爲主要是用來描寫類似點，前面很容易用上動詞「像、好像」等詞，
　　引進比喻的對象或表推測。例如：

　　　　〔好像火一樣〕灼熱（表比喻）

　　　　天氣燥熱，好像要下雨似的（表推測）

　　　　（以上引文見該書增訂四版下冊第50～51頁）

該書的這一段敘述在表述上有歧義，使人對所舉例證之中作狀語的「好像火一樣」、作謂語的「好像要下雨似的」這兩個短語的性質會有不同的理解：

　　A、可能理解爲：在比況短語的前頭可出現「像、好像」等詞，如果這樣理解，上面兩例就不是比況短語，而是由「像」一類動詞加上由比況短語充當的賓語構成的動賓短語。

　　B、也可能理解爲：比況短語自身的前頭可出現「像、好像」等詞，如果這樣理解，上面兩例就都是比況短語，這些比況短語都是由動賓短語添加比況詞構成的。現以「好像火一樣」爲例對 A、B 兩種理解圖解如下：

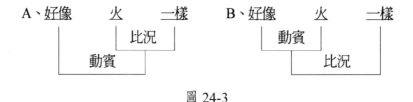

圖 24-3

　　那麼，這兩種理解哪種更符合語言結構規律的客觀實際呢？我認爲，應以 A 種理解爲宜，其理由至少有如下兩點：

第一，從詞法的角度看，動詞屬於基本成分詞，而比況詞屬於依附關係詞，可見動詞的影響力遠遠大於比況詞，也就是說，「像」一類動詞能夠控制得住它後邊的比況短語，使之成為它的賓語，而「似的」一類比況詞要想控制前邊的動賓短語卻有困難。即便勉強說得通，我們也不好解釋，為什麼「火一樣」是比況短語，而前邊加了「好像」之後卻還是比況短語，可見讓比況短語作「像」類動詞的賓語更為合適。

第二，從句法的角度看，比況短語屬於形容詞性短語，表示性狀的比擬（主要是用來描寫類似點），因而由比況短語作謂語的句子應屬於形容詞性謂語句。如「他們個個都小老虎似的」這句話，可這樣提問：「他們個個都怎麼樣？」可見它是形容詞性謂語句，「小老虎似的」為比況短語，而如果加上「像」，說成「他們個個都像小老虎似的」，則不宜再提問作「他們個個都怎麼樣」了，而應提問作「他們個個都像什麼」了，可見它是動詞性謂語句，「像小老虎似的」已經具有動詞的語法功能，不再是比況短語，而是動賓短語了。

九、介賓短語與方位短語的區分

在一般情況下，介賓短語以介詞開頭，而方位短語以方位詞收尾，因而介賓短語與方位短語還是易於區分的。但有時候，一個短語可能是既以介詞開頭而又以方位詞收尾的，例如：

在桌子上 / 於千里之外 / 向屋子裏 / 從這以後 / 朝我的身上 / 把紅的以外

現以「在桌子上」為例來作語法結構分析，對於這一類短語可能會有如下A、B兩種理解：

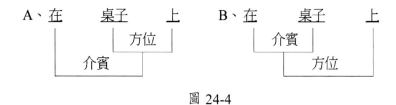

圖 24-4

那麼，這兩種理解哪種更符合語言結構規律呢？我認為，應以A種理解為宜，其理由有如下兩點：

第一，從詞法的角度看，介詞是由動詞虛化來的，在某種程度上它還保留有動詞的痕迹，而方位詞是由名詞虛化來的，從某種意義上它還具有名詞的因

子，而動詞的影響力原本就大於名詞，因此介詞的影響力也就大於方位詞，可見，把「在桌子上」一類短語看作介賓短語更為合適。

第二，從句法的角度看，單說「在桌子」語義不通，同時我們也無法解釋，為什麼「桌子上」是方位短語，而前邊加了介詞之後卻還是方位短語，可見 B 種理解是不合適的。因此，凡以介詞開頭方位詞收尾的短語均應看作介賓短語。

十、的字短語與所字短語的區分

這兩種短語都屬於助詞短語，一般情況下，的字短語以「的」字收尾，而所字短語以「所」字開頭，因而二者在通常情況下也不易混淆。但有時候，一個短語可能是既以「所」字開頭而又以「的」字收尾的，例如：

所想的 / 所需的 / 所領導的 / 所難忘的 / 所不同的 / 所能拿得出來的

現以「所領導的」為例來作語法結構分析，對於這一類短語可能會有如下 A、B 兩種理解：

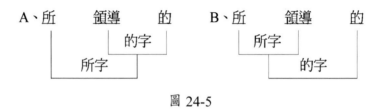

圖 24-5

那麼，這兩種理解哪種更符合語言結構規律呢？我認為，應以 B 種理解為宜，因為助詞「所」的一個本質特徵在於，它只能用在動詞性成分之前進一步強調突出這一動作行為，而如果按 A 種理解，「的字短語」本是體詞性短語，「所」字不可能用在體詞性短語（領導的）之前。可見，A 種理解是不合適的。因此凡以「所」字開頭、「的」字收尾的短語均應看作「的字短語」，也就是說，「領導的」是「的字短語」，它的前邊加上「所」字仍然是「的字短語」，因為「所」字只對原來的「的字短語」的內部動詞性的構成要素「領導」起強調作用，並不能改變原來「的字短語」的屬性。

十一、復指短語與主謂短語的區分

一般情況下，復指短語與主謂短語是不易混淆的，這裏指的是某些由名詞性詞語充當謂語的主謂短語而言。例如：

今天國慶節 / 祖籍廣東韶關 / 老舍滿族人 / 全班五十位同學

這類短語的前項與後項雖然含有復指意義，但更側重於表判斷確認意義，前後項之間省略了「是」、「有」一類表判斷或確認的動詞，因此應看作主謂短語。

當然，上述幾例之間又有區別。一般說來，「今天國慶節」、「老舍滿族人」這一類在任何語言環境中都應看作主謂短語，而不宜看作復指短語；而「祖籍廣東韶關」、「全班五十位同學」這一類則在有些語境中可能是主謂短語，在另一些語境中卻又有可能是復指短語。例如：

A、可視爲主謂短語的語境：

（1）他的家<u>祖籍廣東韶關</u>。　　（2）<u>全班五十位同學</u>，人數並不算少。

B、可視爲復指短語的語境：

（1）他回到了<u>祖籍廣東韶關</u>。　　（2）<u>全班五十位同學</u>都到齊了。

在上述不同的語境中，A（1）是說他家的祖籍本是廣東韶關，「祖籍」與「廣東韶關」之間具有主謂關係；而B（1）是說他回到了自己的祖籍所在地，也就是回到了廣東韶關，「祖籍」與「廣東韶關」之間是復指關係。A（2）是說全班共有五十位同學，「全班」與「五十位同學」之間具有主謂關係；而B（2）是說全班都到齊了，也就是說五十位同學都到齊了，「全班」與「五十位同學」之間具有復指關係。

可見，確認一個短語是否爲復指短語還要看它前後項之間是否眞的含有復指意義。例如「老舍」與「滿族人」之間是否有復指意義不是由語境決定的，而是由語序決定的，說成「老舍滿族人」，就不具有復指意義，而且有判斷確認意義，應看作主謂短語；而如果說成「滿族人老舍」就具有復指意義，應看作是復指短語了。同理，「首都北京」與「北京——首都」、「校長蔡元培」與「蔡元培校長」、「總統奧巴馬」與「奧巴馬總統」等，前者都可視爲復指短語，而後者均不宜視爲復指短語，當然，其中的「蔡元培校長」、「奧巴馬總統」也不屬於主謂短語，這就又涉及到復指短語與定中短語的界線問題了。

十二、復指短語與定中短語的區分

復指短語與定中短語之間有時也不易劃清界線，這主要有兩種情形：

其一，復指前項表人或事物、後項表其類屬的身份或稱呼的。例如：

A、胡適先生 / 蔡元培校長 / 奧巴馬總統

B、華北平原／四川盆地／喜馬拉雅山脈

上述 A、B 兩類的共同特點是：前項表特稱（具體的人或事物），後項表通稱（某類人的身份或某類事物的通稱）。一般說來，沒有人會把 B 類認爲是復指短語，而確有一些語法著作把 A 類視爲復指短語。其實，A、B 兩類的共性決定了它們都是定中短語，前邊的特稱都是爲了限制後邊的通稱而存在的，即使是 A 類也是可以按定中關係的特點來提問的，如「哪位先生？」「哪位校長？」「哪位總統？」等，前項與後項一從一主，一作定語一作中心語，而並非復指關係，不宜將其看作復指短語。

其二，復指前項之前還帶有定語的

有時候，復指短語的第一個復指項（復指前項）之前又會帶有定語，這時如若確認帶上定語後的整個短語還是不是復指短語，則要看這個定語是僅僅修飾復指前項的，還是修飾所有復指項的，再來斷定它是復指短語還是定中短語。現各舉一例，並作簡要圖解分析如下：

A、定語僅僅修飾復指前項，可視爲復指短語的：

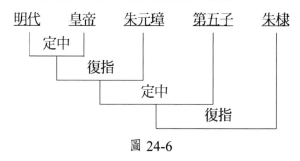

圖 24-6

B、定語修飾所有復指項，可視爲定中短語的：

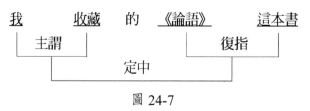

圖 24-7

在上面 A 例中，定語「明代」僅僅是修飾限制「皇帝朱元璋」這個復指短語的復指前項「皇帝」的，而「明代皇帝朱元璋」這個復指短語再次以整體身份充當定語，也僅僅是修飾限制「第五子朱棣」這個復指短語的復指前項「第五子」的，這樣一來，「明代皇帝朱元璋第五子」又以整體身份充當復指前項跟

復指後項「朱棣」構成復指短語，因此定語如果是僅僅修飾復指前項的，那麼可將整體視爲復指短語。

在上面 B 例中，定語「我收藏」則不僅僅是修飾限制復指前項「《論語》」的，它同時也修飾限制復指後項「這本書」，一方面說「我收藏的《論語》」，一方面說「我收藏的這本書」，因此，「我收藏」是修飾限制復指短語「《論語》這本書」的，因此定語如果修飾限制所有復指項，那麼可將整體視爲定中短語。

當然，有時這兩種情形並非截然可分，例如「一種新式的炊具電磁爐」這一短語，就似乎作兩種理解都有道理：

A、可將整體視爲復指短語：

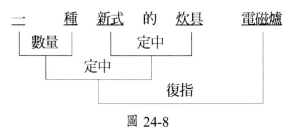

圖 24-8

這樣分析，是將「一種」看作是復指前項內部詞語「新式的炊具」的定語，意思側重在「炊具電磁爐」本身。

B、可將整體視爲定中短語：

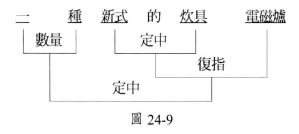

圖 24-9

這樣分析，是將「一種」看作整個復指短語「新式的炊具電磁爐」的定語，意思側重在「炊具電磁爐」的數量「一種」。

對這個短語的 A、B 兩種分析，其語義的側重點是不同的，而這種不同又是由「復指」或「定中」兩種語法結構決定的。究竟應該確認爲哪種語法結構，這又需要表達時具體的語言情境來限定。例如：在「這是一種新式的炊具電磁爐」這個語境中，可以將「一種新式的炊具電磁爐」確認爲復指短語，因爲判斷動詞「是」同時繫聯出兩個復指的判斷項——「一種新式的炊具」和「電磁

爐」；而在「她買了一種新式的榨汁機和一種新式的炊具電磁爐」這個語境中，則可以將「一種新式的炊具電磁爐」確認爲定中短語，藉以突出前後兩個「一種」的對照，以及顯示「新式的榨汁機」和「新式的炊具電磁爐」的呼應。

關於復指短語與定中短語的區分，可繼續參見本書的下一節《復指短語內部直接復指項的確認》。

以上討論了漢語短語的結構類型之間存在的十二種易混問題，並各自給出了區分的方法和理由。但應當承認，即使採用最嚴密的區分標準，也還是難免有介於二者之間的中介狀態存在，更何況任何理論的探討都是不可能做到絕對精細的。這正如要區分一棵生長在山峰上或者山坡上的樹是屬於哪一座山的，這並不難，而要區分一棵生長在兩山交接的山谷地帶的小草，它是屬於山谷兩側的哪一側山的，就不那麼容易了。但是，研究不同事物間的中介狀態，正是研究事物分類的突破口，我想許多「辨難」工作的意義也正在於此吧。

25. 復指短語內部直接復指項的確認

復指短語是漢語表達的獨特現象，漢語的復指短語是由在言語表達中具有相同的語義所指、在語言結構中具有相同的語法功能的外在形式不同的兩個體詞性語言單位緊密結合而成的造句單位。本書準備在前文一般性論述的基礎上再專立兩節（這一節與下一節）來討論與之相關的一些問題。

上一節對漢語短語結構類型的辨難，我們分析討論了漢語短語的各種結構類型之間存在的十二類易混問題，並各自給出了區分的方法和理由。其中最後一種關於「復指短語與定中短語的區分」，我們特別討論了復指短語的前項之前還帶有定語的情形，這就涉及到了復指短語內部直接復指項的確認問題。一個復指短語的直接復指項究竟有幾個，每個復指項的領地（它的關涉範圍）有多大，這便是本節所要討論的問題。

對復指短語進行語法分析，首要的是先認清它內部的「直接復指項」，而這又應當從它的「質」（關涉範圍）與「量」（數量構成）兩方面著手認定。

所謂「直接復指項」的「質」，是指某項語言單位是不是作爲復指短語的直接復指項而存在的，某個直接復指項的關涉範圍究竟有多大；所謂「直接復指項」的「量」，是指某個復指短語內的直接復指項應該只有兩項，還是可以有同時並列的多項。

　　目前，在漢語語法研究領域，對復指短語內部直接復指項的認識，無論是在質的方面，還是在量的方面，都有值得討論的問題。本節擬先談「量」（數量）的確認問題，再談「質」（範圍）的確認問題。

一、復指短語內部直接復指項的數量確認

　　本節伊始關於「復指短語」的定義中曾經認定，復指短語是由「兩個」體詞性語言單位結合而成的。然而，目前漢語語法界對復指短語是「二分結構」還是「多分結構」尚無共識，有些語法著作曾提出復指短語有「兩項復指」和「多項復指」之別。黃伯榮、廖序東主編的《現代漢語》對此也表現出猶豫的態度，該書在 1991 年版中曾明確指出「同位短語由兩部分組成，前後兩部分……」（第 62 頁）。而在 1997 年增訂二版中修改為「同位短語多由兩部分組成，前後各部分……」（第 63 頁），這樣的修改，一個「多」字，一個「各」字，在認識上未免是個倒退。到了 2007 年的增訂四版則又修改為「同位短語多由兩項組成，前項和後項的詞語不同，所指是同一事物……」（第 48 頁），像這樣改來改去，「多由兩項組成」的提法還是沒有排除有少數超過兩項的情形。

　　我認為，有些貌似多項構成的復指短語應該看作是逐層二分的，而不宜看作是一次性多分的。例如，對「你們父女倆」這一復指短語的結構，如果將「你們」、「父女」、「倆」各看作一項的話，則可能會有三種不同的分析結果：

圖 25-1

　　其實，這個短語主要是說「你們」，然後為了對「你們」的所指進一步明確，則用「父女倆」加以復指說明，因此 A 和 B 的分析都是不可取的，而應當以 C 種分析為是。

　　同理，對「中國西南的重要商城四川省省會成都」這一復指短語的結構，也應當作下面 A 種分析，而不應當作 B 種分析：

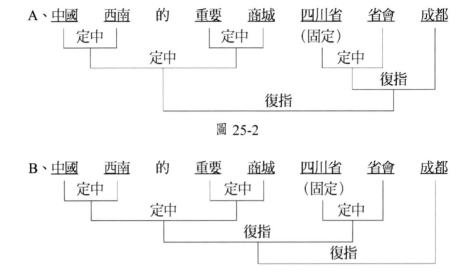

圖 25-2

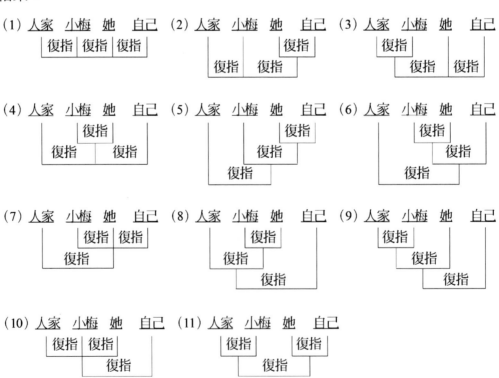

圖 25-3

因為「四川省省會」是「成都」，而「四川省省會成都」又是「中國西南的重要商城」，所以「中國西南的重要商城」和「四川省省會成都」構成復指，而「中國西南的重要商城」和「四川省省會」這二者之間卻不構成復指。

又例如，對「人家小梅她自己」這一復指短語的結構可能會有如下 11 種分析結果：

(1) 人家 小梅 她 自己
復指│復指│復指

(2) 人家 小梅 她 自己
復指│復指

(3) 人家 小梅 她 自己
復指│復指

(4) 人家 小梅 她 自己

(5) 人家 小梅 她 自己

(6) 人家 小梅 她 自己

(7) 人家 小梅 她 自己

(8) 人家 小梅 她 自己

(9) 人家 小梅 她 自己

(10) 人家 小梅 她 自己

(11) 人家 小梅 她 自己

圖 25-4

　　以上各種分析中，（1）屬於直接多分（一次性四分），（2）、（3）、（4）屬於直接多分（表層三分）再間接二分（深層二分），（7）、（10）屬於直接二分（表層二分）再間接多分（深層三分），（5）、（6）、（8）、（9）、（11）均屬於直接二分再逐層二分。

　　綜合衡定這個短語的語義，我們認為主要是說「人家小梅」，然後用「她自己」再次加以復指強調，所以，只有「人家小梅」和「她自己」才是這個復指短語的兩個直接復指項。因此，前10種分析都是不可取的，而應當以第（11）種分析為是。

　　總之，復指短語內部的直接復指項應該只有兩項，如果其中某個直接復指項內部又是復指關係，那麼也應該採取二分法，而不宜採取多分法，也就是說，復指短語屬於「逐層二分結構」，而不像「聯合短語」或「連動短語」那樣可能是多項同位的「一次性多分結構」。

　　在上文所舉的對「人家小梅她自己」這個復指短語的 11 種分析結果中，（1）、（2）、（3）、（4）、（7）、（10）六種分析都沒有能夠體現它的「逐層二分結構」的本質屬性，而（5）、（6）、（8）、（9）、（11）五種分析則體現了它的「逐層二分結構」的本質屬性，但是，這五種分析雖然都屬於直接二分再逐層二分，然而（5）、（6）、（8）、（9）四種分析卻在內部復指項的語義構成方面理解有所偏頗，只有第（11）種分析，既貫徹了「逐層二分結構」的原則，又切合這個短語的內部語義構成關係，是唯一正確的一種語法解構。

二、復指短語內部直接復指項的範圍確認

　　復指短語內部直接復指項的確認除了上文談到的復指項的數量問題之外，還有一個復指項的關涉範圍問題，也就是每一個復指項的領地有多大的問題。一般說來，這可能會有三種不同的情形：

　　第一，位於兩個復指項的中心詞之間的修飾語屬於後一個復指項的內部修飾語。例如：

　　① 巴黎這座世界聞名的繁華之都的出現又何嘗是一日之功呢？（張祝基《巴黎的橋》）

　　② 「文化」這個詞在外國文裏本來就是積累的意思。（馬南邨《從三到萬》）

　　例①中的復指短語是「巴黎這座世界聞名的繁華之都」，其中的「這座」、「世界聞名」兩個修飾語都是後一個直接復指項的中心詞「繁華之都」的定語。例②中的復指短語是「『文化』這個詞」，同理，其中的「這個」是「詞」的定語，因此它們都屬於復指短語的內部修飾語。這種情形可圖解爲：

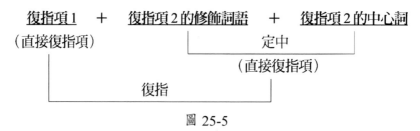

圖 25-5

　　第二，位於第一個復指項前的修飾語可能屬於前一個復指項的內部修飾語。例如：

　　③ 老通寶嚴禁<u>他的小兒子多多頭</u>跟荷花談話。（茅盾《春蠶》）

　　④ <u>明代皇帝朱元璋的第五子朱棣</u>不愛珍寶愛野草。（吳昭謙《野草芳菲人難識》）

　　以上兩例中的復指短語分別是「他的小兒子多多頭」、「明代皇帝朱元璋的第五子朱棣」。例③中的「他」，例④中的「明代皇帝朱元璋」都應看作前一個復指項的內部修飾語，即分別充當「小兒子」、「第五子」的定語，也就是說，各例中畫橫線的部分，整體看作復指短語，而不是定中短語。這種情形可圖解爲：

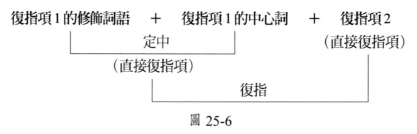

圖 25-6

　　第三，位於第一個復指項前的修飾語也可能屬於整個復指短語的外部修飾語。例如：

　　⑤ （他）（最近出版）的<u>兩部論文集《論雅俗共賞》和《標準尺度》</u>是他最坦白的說明。（馮至《朱自清先生》）

　　⑥ 揭開這個謎底的是（十八世紀末、十九世紀初）的<u>兩位英國經濟學家亞當·斯密和大衛·李嘉圖</u>。（蘇星《一封談商品經濟的信》）

以上兩例中的復指短語分別是「兩部論文集《論雅俗共賞》和《標準尺度》」、「兩位英國經濟學家亞當·斯密和大衛·李嘉圖」。例⑤、例⑥中畫橫線的部分都可以整體看作一個復指短語，這幾個復指短語前邊括號內的部分屬於整個復指短語的修飾語（定語），而不是僅僅屬於前一個復指項的內部修飾語。這種情形可圖解爲：

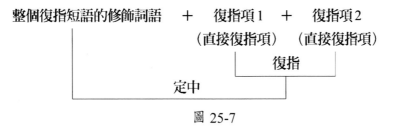

圖 25-7

當然，這一類復指短語內部的直接復指項也可能還有自己的內部修飾語，如例⑤中的「兩部」，例⑥中的「兩位」和「英國」等，但從全局看，總有一些修飾語是作爲整個復指短語的定語而存在的，它們與後邊的復指短語之間構成定中關係，而並非是前一個復指項的修飾語。

從上面分析可以看出，對復指短語內部直接復指項的關涉範圍的確認，也就是對復指短語的內部修飾語或外部修飾語的認定問題，特別是像上面「第二」、「第三」兩種情形的細微區別，也是需要在短語的語法結構分析中認眞對待的問題。

綜上所述，漢語的某項語言單位是不是作爲復指短語的直接復指項而存在的，某個直接復指項的關涉範圍究竟有多大，以及復指短語的「直接復指項」是「二分結構」還是「多分結構」，從理論上講是語法分析科學化與精密化的必然要求，從實踐上講也直接關係到對是復指短語還是定中短語這類易混的短語結構類型的確認，因此是值得我們認眞重視的。

26. 論「復指」與「同位」

討論復指短語，既要研究它的內部實質，也不可忽視它的外部稱謂，也就是說，它既有「實」的問題，也有「名」的問題。上一節我們討論了漢語的某項語言單位是不是作爲復指短語的直接復指項而存在的，某個直接復指項的關涉範圍究竟有多大，以及復指短語的「直接復指項」是「二分結構」還是「多

分結構」等諸多關於復指短語的識別與確認的問題，這些都是屬於漢語復指短語的「實」的問題。此外在近百年來的漢語語法研究過程中，復指短語還有一個「名」的問題，那就是究竟應該叫「復指短語」，還是應該叫「同位短語」的問題。本節我們就來辨析一下「復指」與「同位」這兩個語法概念的確切含義。

一、「復指」與「同位」概念的緣起流變

出版於 1898 年的中國第一部講漢語語法的專著《馬氏文通》，把後來漢語語法學界所稱的「同位」或「復指」這一語言現象稱之爲「同次」，並在該書「實字卷」中專闢一章加以討論。馬氏解釋爲：

「凡名代諸字，所指同而先後並置者，則先者曰前次，後者曰同次。至前次、同次，或一名也，一代也，或皆名也，或皆代也，皆可。」（《馬氏文通》商務印書館 1983 年新一版 102 頁）

「同次云者，猶言同乎前次者，同乎前次者，即所指者與前次所指爲一也。」（《馬氏文通》商務印書館 1983 年新一版 102 頁）

馬氏在書中以大量的例證討論了「同次」的三種應用類型：「一、申言以重所事也」、「二、重言以解前文也」、「三、疊言以爲警歎也」（《馬氏文通》商務印書館 1983 年新一版 102～103 頁）

《馬氏文通》一書中還詳細討論了「同次」的兩種用法：「一、用如表詞者，其式六。」（《馬氏文通》商務印書館 1983 年新一版 104 頁）和「其二、用如加語者，式有六。」（《馬氏文通》商務印書館 1983 年新一版 106 頁）

由上述引文可見該書對「同次」這一語言現象的高度重視。

在此書問世 20 多年之後，於 1921 年出版的黎錦熙的《新著國語文法》的第四章在論述實體詞的七個位次時，專立一節「同位」加以論述。黎先生認爲他的「同位」只與馬氏「同次」中的「用如加語者」的用法相當，而不包括馬氏的「用如表詞者」的情形；他又將「同位」區分爲三種類型，即「相加的同位」、「總分的同位」和「重指的同位」。

自此以後，「同位」這一概念承繼了「同次」的部分內涵而爲後人所襲用。

又過了 20 多年之後，於 1948 年出版的高名凱的《漢語語法論》的第三編「造句論」的第五章「對注關係」中，高先生對馬氏的「同次」與黎氏的「同位」學說詳加剖析，進而提出了自己的獨到見解：

「對注關係即西洋語法學家所謂的 apposition。在對注關係之中，對注者不過是解釋被對注者而已，它並不範圍被對注者，不過是用另一個詞語去說明被對注者而已。比方說，在『我王立三不相信這句話』這一群詞之中，『王立三』其實就是『我』，其與『我』的關係是外在的，因為沒有『王立三』，句子也能成立。『我王立三不相信這句話』和『我不相信這句話』都可以成為完整的句子。」（高名凱《漢語語法論》商務印書館 1986 年版 336 頁）

「凡是一個詞語後面跟隨著的詞語，它在語法上的價值是和其所解釋的前一個詞語（即馬氏所謂的『前次』）相等的，它的去取對於句子的主要結構成分不發生影響的，這種詞語才是所謂 apposition，這種詞語的作用完全是『重言以解前文』的。它和它所解釋的『前文』完全是立於外在關係的。因為它的唯一作用是在於『重言以解前文』，我們就稱之曰『對注』，而不用容易起誤會的什麼『同次』或『同位』。」（高名凱《漢語語法論》商務印書館 1986 年版 341 頁）

20 世紀 50 年代以後，在大陸漢語教學語法領域盛行的「暫擬系統」一直使用「復指成分」（又稱作「復說」）或「同位成分」的稱謂來表述語法學界前賢的有關「同次」、「同位」、「對注」的內涵，至 20 世紀 80 年代中期，大陸漢語教學語法領域新的「系統提要」推行以來，則又改用「復指短語」或「同位短語」來稱呼之，當然，其概念內涵與外延的寬窄已有了明顯的不同。

二、語法學界對「復指」與「同位」概念的理解與表述

那麼，「復指」與「同位」是否具有相同的內涵與外延呢？又應當怎樣準確地理解和表述這兩個概念呢？試看中國大陸在 20 世紀 70 年代末文革動亂結束以後出版的一些重要的現代漢語語法著作的闡釋：

A. 用兩個詞或者詞組，指同一種事物，作同樣的句子成分，這是一種復說的表示方法。復說的後一部分，復指前一部分，對前一部分補充說明，是復指成分。（張志公主編《漢語知識》人民教育出版社 1979 年版 194 頁）

B. 兩個詞語，在意義上指同一事物，在結構上作同一成分，兩者之間互為復指，而且還有說明或解釋的關係，這叫作復指成分。為了分析方便，我們管有說明或解釋作用的詞語叫作同位語，管被說明或被解釋的詞語叫作本位語。（呂冀平《漢語語法基礎》黑龍江人民出版社 1983 年版 256 頁）

C. 兩個詞或兩個短語指同一樣事物，作同一個成分，構成復指短語。（見1984 年 1 月公佈的《中學教學語法系統提要》）

D. 如果在句中有兩個詞語都指同一人，同一事物，並在句法結構中具有同等地位、屬於同一語法成分，這兩個詞語就構成了句中的復指成分。復指成分是主語、謂語、賓語、定語、狀語、補語等六大句子成分以外的特殊成分。（劉月華、潘文娛、故韡《實用現代漢語語法》外語教學與研究出版社 1983 年版401 頁）

E. 用兩個或兩個以上的詞或者短語，用在一個句子裏，指同一樣事物，這是一種復指的表示法。各種句子成分都可以用復指表示法來表示。（葉南薰原著張中行修訂《復指和插說》上海教育出版社 1985 年版 6 頁）

F. 同位短語：多由兩部分組成，前後各部分的詞語不同但所指相同，語法地位一樣，共作一個成分。（黃伯榮、廖序東主編《現代漢語》高等教育出版社 2002 年增訂三版下冊 63 頁）同位短語兩部分的內容互相補充，互相復指，因此又叫復指短語，它的作用是使語義更加明確、更加豐富，或者要加重語義。（黃伯榮、廖序東主編《現代漢語》高等教育出版社 2002 年增訂三版下冊 64 頁）

G. 同位短語：多由兩項組成，前項和後項的詞語不同，所指是同一事物。前項後項共作一個成分，因前後語法地位相同，故名同位短語；又因前後項有互相說明的復指關係，故又叫復指短語。（黃伯榮、廖序東主編《現代漢語》高等教育出版社 2007 年增訂四版下冊 48 頁）

不難看出，上述綿延數十年的較有影響的語法著作都從不同角度對「復指」與「同位」作了界定，都重視意義上「指同一種事物」，結構上「作同一種成分」這樣兩方面的特徵，但也都沒有對這兩方面特徵的不同本質給予高度重視，也就是說沒有對「復指」與「同位」這兩個概念作嚴格區分。特別是當前影響較大的最爲通用的大陸高校《現代漢語》教材（見上文 F、G 的引文），黃伯榮、廖序東主編的《現代漢語》在 2002 年增訂三版和 2007 年增訂四版中的表述仍處於左右搖擺的境況。

三、「復指」與「同位」並非同一個範疇的概念

自從 20 世紀 90 年代以後，已經有一些語言學者注意到了這兩個概念的本

質不同，並將各自的觀點反映在一些相關的論文之中，我所看到的這樣的論文主要有如下一些：

A. 黃河《關於同位結構》（《漢語學習》1992 年 1 期）

B. 朱英貴《復指短語的辨識》（《漢語學習》1994 年 6 期）

C. 李升賢《同位短語辨析》（《嘉應大學學報》1995 年 3 期）

D. 劉澤民《論同位結構》（《西北師範大學學報》1997 年 3 期）

E. 劉雪春《復指詞組的語義邏輯分析》（《山東師範大學學報》1998 年 1 期）

F. 侯友蘭《小議復指》（《語文教學與研究》1999 年 8 期）

G. 劉街生《現代漢語同位組構研究》（華中師大 2000 年博士論文）

H. 冷瑾《同位短語和復指短語芻議》（《贛南師範學院學報》2001 年 2 期）

I. 朱英貴《復指短語內部直接復指項的確認問題》（《成都大學學報》2005 年 2 期）

J. 姚小鵬《現代漢語復指短語研究》（廣西師範大學 2005 年碩士論文）

K. 楊愛姣《漢語同位結構的理性意義限制》（《湖北大學學報》2006 年第 3 期）

L. 朱英貴《論「復指」與「同位」》（《四川師範大學學報》2009 年第 4 期）

本節內容就是根據我的論文《論「復指」與「同位」》整理而成的。在上述相關論文中，特別值得重視的是廣西師範大學語言學及應用語言學專業姚小鵬碩士的長篇論文，此文可能是國內論述復指短語問題最為翔實的篇章之一，以長達近 5 萬字的篇幅詳細地研究了現代漢語復指短語，文中兩次引用了我 1994 年發表的《復指短語的辨識》一文中的觀點，姚文對「復指」與「同位」的理解，與我的觀點不謀而合。

姚文在談到「短語界定」時指出：

> 「復指」與「同位」不是一個範疇的概念，「復指」是指兩個語言成分在語義上有相同的聯繫，即前後成分互相說明、注釋等；「同位」是指兩個語言成分在句法結構上有相同的聯繫，即前後成分同作一個句子成分。因此，語言中的「同位」不等於「復指」，「復指」也不等於「同位」。復指短語其實是集顯性關係義（同位）和隱性關係義（復指）於一體的短語類型。

朱英貴（1994）認爲只有既「同位」又「復指」的短語，才可稱爲「復指短語」或「同位短語」，他把復指短語定義爲：「由在言語表達中具有相同的語義所指，在語言結構中具有相同的語法功能的外在形式不同的兩個語言單位緊密結合而成的造句單位」。（見姚小鵬《現代漢語復指短語研究》廣西師大 2005 年碩士論文，第 5 頁）

姚文在談到「句法結構和句法功能」時指出：

根據構成成分的數目，可以把復指短語分爲二合復指短語（如「小王同志」）和多合復指短語（如「人民的好幹部蘭考縣委書記焦裕祿」）。

根據構成成分間的結構層次，又可以把復指短語分爲簡單復指短語（如「雷鋒同志」）和複雜復指短語（如「我的老師藤野先生」，其中「藤野先生」是第二層次的復指結構）。

但以上兩種劃分方式，都還存有一定爭議。如邢福義（1997）認爲多合復指短語並非眞正的多合，而是聯合短語+名詞構成的二合復指短語；劉丹青（1984）認爲複雜復指短語中「藤野先生」這類組合併不是典型的句法組合，而是一種緊密的更接近於詞的單位，趙元任（1968），郭紹虞（1979）、朱英貴（1994）也持這種觀點。（見姚小鵬《現代漢語復指短語研究》廣西師大 2005 年碩士論文，第 7 頁）

姚文在談到「復指」還是「同位」時說：

用「復指」還是用「同位」作爲這類短語的名稱。有人認爲用「復指」好；有人認爲用「同位」好：語法學界似乎一直沒有定，也有人認爲兩個概念差不多，隨便用哪一個都行。

前面我們已經談到，「復指」和「同位」不是一個範疇的概念，「復指」體現的是語義關係義，是一種隱性關係義；「同位」體現的是句法關係義，是一種顯性關係義。語言中的「同位」不等於「復指」，「復指」也不等於「同位」。（見姚小鵬《現代漢語復指短語研究》廣西師大 2005 年碩士論文，第 8 頁）

儘管姚小鵬的一些觀點我並不完全認同，比如他認爲「雷鋒同志」、「藤野先生」都是復指短語，比如他對復指短語是「二合的」還是「多合的」態度還顯曖昧，但是他對「復指」與「同位」這兩個概念的本質區別，我卻深以爲然。

我認爲，「復指」與「同位」二者不可混爲一談，它們並不是同一個範疇的概念。因爲「復指」是針對它的語義所指而言，而「同位」是針對它的語法功能而言。據此，本節擬對「復指」與「同位」這兩個概念再作如下界定：

「復指」即「互指」，是指外在形式不同的兩個語言單位在言語表述中具有相互重復的語義所指。

「同位」即「等位」，是指外在形式不同的兩個語言單位處在地位同等的語言結構中具有作用同等的語法功能。

例如「他們幾個人學習並討論了這份文件」這一語言結構中「他們」與「幾個人」具有相同的語義所指，因此「他們幾個人」是復指；「他們」與「幾個人」處在相同的語言結構中共同充當主語，因此「他們幾個人」又是同位。而「學習」與「討論」處在相同的語言結構中共同充當動語，因此「學習並討論」也是同位；但「學習」與「討論」不具有相同的語義所指，因此「學習並討論」不是復指。

另外值得注意的是：我對「復指」與「同位」所下的定義，之所以強調「外在形式不同」，是爲了排除外在形式相同的兩個語言單位所造成的重疊形式（如「討論討論」）或反覆形式（如「行了，行了」或「好，好，好」）等語言現象。

可見，「復指」與「同位」的關係是錯綜複雜的，而不是完全等同的或完全對立的。一般說來，相「復指」的兩個語言單位在言語表述中可能「同位」，也可能不「同位」；而相「同位」的兩個語言單位在言語表述中可能「復指」，也可能不「復指」。下面分別舉例說明這幾方面的情形。

四、相「復指」的兩個語言單位可能「同位」

所謂「同位」是指兩個語言單位在語言結構中充當相同的語法成分，即它們具有相同的語法功能。在言語表述中相「復指」的兩個語言單位往往具有體詞性的語法功能，原則上可充當各種體詞性的同位成分，下面爲能夠充當各種「同位成分」的「復指短語」各舉一例，以見一斑：

① 丞相文天祥組織武裝力量堅決抵抗。（吳晗《談骨氣》）

　　② 人類的老祖宗盤古，他用了他整個的身體使這新生的宇宙豐富而美麗。（袁珂《盤古開天闢地》）

　　③ 這是詩人艾青為青少年朋友寫的一首詩——《回聲》。（丁時祺《回聲》）

　　④ 他一生留下為人民深深喜愛的巨著《人間喜劇》。（陳群《理想的階梯》）

　　⑤ 阿蒙森和斯科特兩名南極探險先驅的事迹，是探險家們時常提及的話題。（秦大河《科學探險的壯舉》）

　　⑥ 可以叫他的兒子閏土來管祭器的。（魯迅《故鄉》）

　　⑦ 蜜蜂一年四季都不閒著。（楊朔《荔枝蜜》）

　　⑧ 六月十五那天，天熱得發了狂。（老舍《駱駝祥子》）

　　以上各例，凡下邊加橫線的短語，內部都含有相同語義所指的兩個語言單位，我們可以稱它們為「復指短語」，而它們又處在相同的語法結構中，我們可以稱它們為「同位成分」，只不過在各句中充當的成分性質不同而已。

　　具體說來，例①中的復指短語「丞相文天祥」充當一般主謂句的主語成分；例②中的復指短語「人類的老祖宗盤古」充當主謂謂語句的大主語成分；例③中的復指短語「詩人艾青」充當了身為定語的主謂短語的主語成分，也就是說「詩人艾青為青少年朋友寫」這個主謂短語僅僅是下文「一首詩」的定語，而「詩人艾青」又僅僅是這個主謂短語的主語；例④中的復指短語「為人民深深喜愛的巨著《人間喜劇》」充當了動語「留下」的賓語成分；例⑤中的復指短語「阿蒙森和斯科特兩名南極探險先驅」充當定語成分，例⑥中的復指短語「他的兒子閏土」充當兼語成分，例⑦中的復指短語「一年四季」充當位於句內的時間狀語成分，例⑧中的復指短語「六月十五那天」充當句首修飾語成分（或稱為「句首狀語」）。

　　它們的語法功能（充當的句法成分）雖各自不同，但其共性卻是「同位」，可見在言語表述中相「復指」的兩個語言單位在語言結構中是可能「同位」並經常「同位」的。只不過，「復指」是針對語義關係而言，而「同位」是針對充當什麼句法成分這種語法功能而言，二者並不是同一的概念。

五、相「復指」的兩個語言單位也可能不「同位」

　　在實際言語表述中，相「復指」的兩個語言單位之間如果有明顯的語音停頓，它們則往往充當不同的語法成分，因而也就不「同位」。現略舉幾例說明如下：

　　① 「謙受益，滿招損」，這個格言流傳到今天至少有兩千多年了。(吳晗《說謙虛》)

　　② 你說一件事物是美的或醜的，這也只是一種看法。(朱光潛《對於一棵古松的三種態度》)

　　③ 有兩棵老樹：一棵是周柏，另一棵是唐槐。(梁衡《晉祠》)

　　④ 下午，他揀好了幾件東西：兩條長桌，四個椅子，一副香爐和燭臺，一桿擡秤。(魯迅《故鄉》)

　　⑤ 王春林，那個木匠，你怎麼認得他？(冰心《小桔燈》)

　　⑥ 聽說，她，劉和珍君，那時是欣然前往的。(魯迅《紀念劉和珍君》)

　　⑦ 燈光，不管是哪個人家的燈光，都可以給行人——甚至像我這樣一個異鄉人——指路。(巴金《燈》)

　　⑧ 啊，在日本這樣的國土上，不知怎的，特多這樣一類的深谷和山岡。(水上勉《母親架設的橋》)

　　以上各例，下邊加橫線的語言片斷，內部也都含有相同語義所指的兩個語言單位，20 世紀 50 年代以後大陸頗有影響的舊的「暫擬系統」的語法體系也稱它們爲「復指」，但 20 世紀 80 年代以後大陸漢語教學語法領域新修訂的「系統提要」或專家語法領域的大多數論著，卻不認爲它們是「復指短語」，也就是說，兩個語言單位雖然有相同的語義所指（復指），卻不能結合成一個整體表意單位（短語），我想其原因主要在於兩個語言單位之間有較明顯的語音停頓（書面上表現爲逗號、冒號、破折號）。

　　然而，大陸當前影響較大的最爲通用的黃伯榮、廖序東主編的高等學校《現代漢語》教材在 2007 年增訂四版中的相關表述仍然讓人生疑，該書在下冊第 48 頁中解釋爲：

　　另有一種鬆散的同位短語，其中可以有語音停頓和標點。例如：「一隻野兔，這個可憐的小生靈，竄上了公路，在車燈照耀下狂奔」中的主語，「東北有三寶：人參、貂皮、烏拉草」中的賓語。

　　很顯然，該教材是把「一隻野兔，這個可憐的小生靈」與「三寶：人參、貂皮、烏拉草」這兩個語言片斷看作是「鬆散的同位短語」（即鬆散的復指短語）了，這樣的認識應該是有偏頗的。

　　若仔細分析起來，像上文例①至例⑧中下加橫線部分以及上面《現代漢語》教材中的例子，它們雖然相「復指」，但它們都不是復指短語，因爲復指短語內部不應該存在語音停頓；它們雖然相「復指」，但它們在句子中並沒有充當同一個句法成分，因此也不能認爲它們是「同位」。具體來說：

　　例①和例②的性質相同。例①的「謙受益，滿招損」是大主語，「這個格言」是小主語，例②的「你說一件事物是美的或醜的」是大主語，「這」是小主語，它們都分別充當了主謂謂語句的不同句法成分，並不「同位」。上面《現代漢語》教材中的「一隻野兔，這個可憐的小生靈」的性質也是如此。

　　例③和例④的性質相同。其中畫橫線的部分以冒號隔開處爲界，分屬於前後不同的分句，並不「同位」，它們之間存在著分句間的解說關係，只不過後一部分省略了一個專表判斷確認的動詞而已。上面《現代漢語》教材中的「三寶：人參、貂皮、烏拉草」的性質也是如此。

　　例⑤和例⑥的性質相同。其中畫橫線的內容以逗號隔開處爲界，兩部分之間由於有了逗號的間隔，二者也就不「同位」了，後一部分實際上起著補充說明作用，完全可以寫在括號內表示注釋，只是因爲表達者覺得它比較重要，才捨棄了括號而用逗號隔開進行補釋，這種情形可以將後一部分看作插入語（一種獨立成分），而不與前一部分「同位」。

　　例⑦中畫橫線的內容以破折號隔開處爲界，兩部分之間由於有了破折號的間隔，二者也就不「同位」了。從畫橫線的內容來看，破折號後的項比破折號前的項在意思上有所遞進，這種情形應將後項看作插入語，而不宜將前項後項整體看作一個復指短語。

　　例⑧是一個比較特殊的例子，其中的「日本」與「這樣的國土」儘管在意義上有復指關係，但在語法結構上卻是「日本」與「這樣」聯繫緊密，成爲一個整體，即「日本這樣」隱含著「像日本這樣」的意思，「日本這樣」又以定中短語的整體身份作「國土」的定語，更何況「日本」與「國土」的語義所指並不完全相同。因此應作如下 A 種分析而不應作 B 種分析：

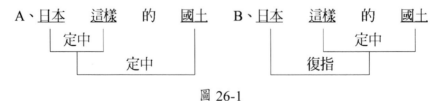

圖 26-1

所以說「日本這樣的國土」儘管貌似存在著復指關係，其實並不是復指短語，而應看作是定中短語。

綜上可見，在實際言語表述中，相「復指」的兩個語言單位卻完全可以不「同位」。那麼，像例①至例⑧中下加橫線部分的這一類情況，我們既不能稱它們為「復指短語」，也不能說它們是「同位成分」。

六、相「同位」的兩個語言單位可能「復指」也可能不「復指」

相「同位」的兩個語言單位可以是相「復指」的，這可以由上文第四項標題下的例①至例⑧來證明：但相「同位」的兩個語言單位也可能不相「復指」，下面我們來看幾個不含復指意義的聯合短語在語言結構中相「同位」的例子：

① 母親那種勤勞儉樸的習慣，母親那種寬厚仁慈的態度，至今還在我心中留有深刻的印象。（朱德《回憶我的母親》）

② 那些門和窗盡量工細而決不庸俗。（葉聖陶《蘇州園林》）

③ 我望著這群充滿朝氣的哈尼小姑娘和那潔白的梨花。（彭荊風《驛路梨花》）

④ 我冒了嚴寒，回到相隔二千餘里，別了二十餘年的故鄉去。（魯迅《故鄉》）

⑤ 人們可以清晰準確地聽到發言人的聲音。（孫世愷《雄偉的人民大會堂》）

⑥ 他活得多麼純潔，多麼高尚，多麼光彩啊！（魏巍《路標》）

以上各例，下邊加橫線的部分都是聯合短語，它內部的兩個語言單位是相併列的關係，並不具有相同的語義所指，因而不可以稱為「復指」，而它們卻處在相同的語法結構中，可以稱它們為「同位」。具體說來：

在例①中的不含復指意義的聯合短語「母親那種勤勞儉樸的習慣，母親那種寬厚仁慈的態度」充當同位的主語；

在例②中的不含復指意義的聯合短語「盡量工細而決不庸俗」充當同位的謂語；

在例③中的不含復指意義的聯合短語「這群充滿朝氣的哈尼小姑娘和那潔白的梨花」充當同位的賓語；

在例④中的不含復指意義的聯合短語「相隔二千餘里，別了二十餘年」充當同位的定語；

在例⑤中的不含復指意義的聯合短語「清晰準確」充當同位的狀語；

在例⑥中的不含復指意義的聯合短語「多麼純潔，多麼高尚，多麼光彩」充當同位的補語。

由此可見，既然不含復指意義的聯合短語可能在單句中充當「同位」的某種成分，那麼推而廣之，相連動的兩個語言單位，乃至於相併列的兩個分句形式，都可能在單句中充當「同位」的某種成分，因為聯合短語、連動短語、並列關係的分句形式短語的前後項在表達時，它們的句法地位是平等的，都是可以同作一個句子成分的，那便都可以稱作「同位成分」，這裏就不一一舉例贅述了。

七、簡要的小結

綜上所述，「復指」與「同位」本不是同一個範疇的概念，以往一些語法專著或論文用「復指短語」（或稱「復指詞組」）與「同位短語」（或稱「同位詞組」）來表示異名同實的同一種短語（詞組）是不科學的。因為「同位」是針對充當什麼句法成分這種語法功能而言的，而「復指」是針對重復指稱同一個對象這種語義關係而言的，所以必須嚴加區別，藉以劃定明確的邏輯分類和作出科學的概念界說。據此，我認為：

那種只「復指」而不「同位」的兩個語言單位之間的關係，已經是大於短語的關係了，如上文第五項標題下的例①至例⑧中加橫線的兩部分，要麼是不發生直接聯繫的兩個句子成分（大主語和小主語），要麼是分屬於兩個分句，要麼可看作插入性的獨立成分，要麼是直接構成一個體詞性謂語的主謂句，要麼……因此它們整體不構成一個短語，也不影響關於短語的稱謂。

那種只「同位」而不「復指」的兩個語言單位，因為在語言結構中作相同的句法成分，如上文第六項標題下的例①至例⑥中加橫線的內容中內含的兩部分，我們可以把它們的結合體（整個加橫線部分）從語法功能的角度稱為「同位成分」。

那種既「復指」又「同位」的兩個語言單位，如上文第四項標題下的例①至例⑧中加橫線的兩部分，因為它們相「復指」，所以可以從語義關係的角度

稱作「復指短語」；但因為它們又是「同位」的，所以也可以從語法功能的角度稱作「同位成分」。

也就是說，將「復指」的概念用於短語的稱謂，而將「同位」的概念用於句法成分的稱謂，二者並不是同一事物的不同稱謂，這就是我們觀察「復指」與「同位」這兩種語言現象所作出的相應思考。

當然，這種思考的連帶效應就是：既然可以把在語言結構中能充當同一種語法成分的各項稱作「同位成分」，那麼是否意味著把其餘的絕大多數在語言結構中不能充當同一種語法成分的各項要稱作「非同位成分」呢？我想這應該是多此一舉而大可不必的，因為我們既然已經十分重視短語的造句功能，而讓短語直接充當各種句法成分，又何必計較它的內部構成要素是否「同位」呢？

我想，多年來之所以有「同位」一說，恐怕是受以往「詞本位」的「成分分析法」思考方式的影響。若換一個角度來思考問題，從各類短語都能整體充當句法成分的理念來看，所謂「同位」的理念已經過時，若今天再把它跟「復指」混為一談，就更是多此一舉了。有鑒於此，再激進一點，我認為有必要取消「同位」一說，以免其與「復指」的說法相混淆，造成不必要的麻煩。

27. 漢語短語的多級功能分類

短語這一級語法單位可從語法結構和語法功能兩個角度來探討研究，此前我們已經用第 21 節～26 節的大量大篇幅分析了漢語短語結構的方方面面，這一節討論短語的語法功能屬性。先來對比分析在語法功能方面短語和詞的共性特徵與個性特徵，再討論在語法功能方面短語的多級分類標準和具體的功能類型。

一、在語法功能方面短語和詞的異同

漢語的短語和詞都是造句材料，短語由詞構成，詞又是構成短語的材料。在造句功能方面，短語相當於單詞中的成分詞，短語與成分詞這二者之間既有共性特徵，又有各自的個性特徵。

1、短語與成分詞的共性特徵

一般來說，漢語的短語有兩方面的語法功能：一是在表達時可以充當句法成分，幾乎所有的短語都能充當一個更大的語法結構的組成成分；二是在表達

時可以獨立成句，絕大多數短語加上句調都可以獨立成句，只有介賓短語、動介短語、所字短語這三種短語不能獨立成句。這樣看來，在語言表達的過程中，短語的語法功能相當於成分詞。成分詞都可以充當句法成分，大多數成分詞還可以獨立成句，而關係詞卻不能；可見，短語與成分詞的語法功能具有共性。

2、短語與成分詞的個性特徵

短語和成分詞都是造句的材料，它們在用來造句的時候也有各自的個性特徵，這表現在兩個方面略有差異：其一是獨立成句的功能不盡相同，成分詞在獨立成句的時候，只能構成單句，不能構成複句或緊縮句；而短語在獨立成句時，除了大多數能構成單句外，有些還能構成複句，比如「複句短語」獨立成句時就會構成複句；有些還能構成緊縮句，比如「緊縮短語」獨立成句時就會構成緊縮句。其二是獨立構成單句的功能也不盡相同，成分詞在獨立構成單句的時候，只能構成非主謂句，不能構成主謂句；而短語在獨立構成單句時，既能構成非主謂句，也能構成主謂句，比如「主謂短語」獨立成句就會構成主謂句。

二、在語法功能方面短語的多級分類

前文曾經論及，現代漢語短語的終級分類是根據短語成分之間組合的語法結構來劃分的，據此可將所有的自由短語分爲 23 種小的類型，即：聯合短語、復指短語、定中短語、狀中短語、中補短語、動賓短語、主謂短語、連動短語、兼語短語、系位短語、數量短語、指量短語、疑量短語、形量短語、方量短語、方位短語、介賓短語、動介短語、比況短語、的字短語、所字短語、複句短語、緊縮短語。

以上分類是從語法結構的角度對短語的劃分，下面我們將對這 23 種結構類型的短語再按各自的語法功能屬性加以重新區分，這便是在語法功能方面漢語短語的多級分類。

1、短語功能的一級分類

按照語法功能對短語做一級分類，其分類標準是能否獨立成句，據此可以將漢語短語區分爲兩大類：其一是「不能獨立成句的短語」，介賓短語、動介短語、所字短語可歸入此類，這三種短語都是不能獨立成句的短語；其二是「能獨立成句的短語」，其餘的 20 種短語都屬於能獨立成句的短語，詳見下文二級分類。

2、短語功能的二級分類

在上文的一級分類中，「不能獨立成句的短語」包括介賓短語、動介短語、所字短語三個二級類型，自不待言。這裏來關注「能獨立成句的短語」如何進行再分類，按照語法功能對這 20 種短語做二級分類，其分類標準是能獨立構成何種句型。據此可以將這 20 種短語區分爲三類：其一是「能獨立構成複句的短語」，即「複句形式短語」，簡稱爲「複句短語」；其二是「能獨立構成緊縮句的短語」，即「緊縮形式短語」，簡稱爲「緊縮短語」；其三是「能獨立構成單句的短語」，除了「複句短語」和「緊縮短語」之外的其餘 18 種短語都屬於能獨立構成單句的短語，詳見下文三級分類。

3、短語功能的三級分類

在上文的二級分類中，介賓短語、動介短語、所字短語、複句短語、緊縮短語都各自只有一種類型，無須再進行三級分類。這裏來關注「能獨立構成單句的短語」如何進行再分類，按照語法功能對這 18 種短語做三級分類，其分類標準是能獨立構成何種單句。據此可以將這 18 種短語區分爲兩類：其一是「能獨立構成主謂句的短語」，即「主謂短語」；其二是「能獨立構成非主謂句的短語」，除了「主謂短語」之外的其餘 17 種短語都屬於能獨立構成非主謂句的短語，詳見下文四級分類。

4、短語功能的四級分類

在上文的三級分類中，「能獨立構成主謂句的短語」只有「主謂短語」一種類型，也無須再進行四級分類。這裏來關注「能獨立構成非主謂句的短語」如何進行再分類，按照語法功能對這 17 種短語做四級分類，其分類標準是短語自身的功能屬性。據此可以將這 17 種短語區分爲「體詞性短語」和「謂詞性短語」兩類：

第一類是「體詞性短語」，凡是在語言表達中相當於一個體詞功能的短語都屬於「體詞性短語」。「體詞性短語」中又分爲兩種情況：其一是完全屬於「體詞性短語」的七種短語，即定中短語、復指短語、方位短語、的字短語、系位短語、指量短語、形量短語；其二是部分屬於「體詞性短語」的四種短語，即由「體詞 ＋ 體詞」構成的聯合短語（城市農村 / 老師和學生 / 我與他）、由「數

詞 ＋ 名量詞或計量詞」構成的數量短語（六個／兩件／三噸／一支支）、由「疑代詞 ＋名量詞或計量詞」構成的疑量短語（哪間／何種／幾尺／多少斤）、由「方位詞 ＋名量詞」構成的方量短語（前段／後排／中冊／下頁）。

第二類是「謂詞性短語」，凡是在語言表達中相當於一個謂詞功能的短語都屬於「謂詞性短語」。「謂詞性短語」中也分為兩種情況：其一是完全屬於「謂詞性短語」的六種短語，即狀中短語、中補短語、動賓短語、連動短語、兼語短語、比況短語；其二是部分屬於「謂詞性短語」的四種短語，即由「謂詞 ＋ 謂詞」構成的聯合短語（想和做／檢舉揭發／飲食起居／小而全／光輝燦爛／ 又細又長／去沒有）、由「數詞 ＋ 動量詞」構成的數量短語（一陣／兩回／三趟／十多次／一遍遍）、由「疑代詞 ＋ 動量詞」構成的疑量短語（哪回／幾趟／多少遍／哪幾次）、由「方位詞 ＋ 動量詞」構成的方量短語（上次／下回／上一遍／下幾趟）。

5、短語功能的五級分類

既然上述「體詞性短語」與「謂詞性短語」屬於短語功能的四級分類，那麼，上述已經一一指出的「體詞性短語」與「謂詞性短語」內部的各種類型即為短語功能的五級分類，不再贅述。

現代漢語短語的功能分類大致就是上述的五個層次，現再行梳理並加以圖示（加方框的稱謂為功能類型，下加橫線的稱謂為結構類型），先來看漢語短語依據語法功能的一級分類與二級分類：

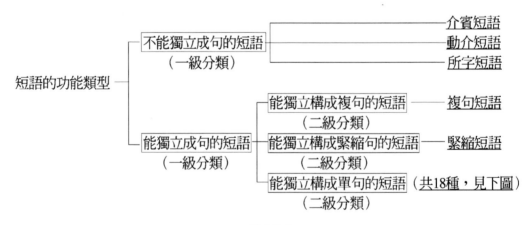

圖 27-1

再來看漢語短語依據語法功能的三級分類、四級分類與五級分類：

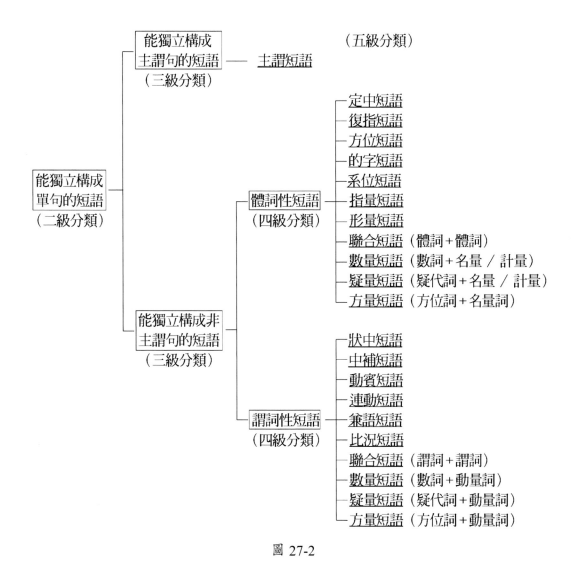

圖 27-2

三、在語法功能方面短語不同於詞的個性特徵（短語功能分類的理論依據）

研究短語功能類型的學者大多看到了短語和詞都是造句材料這一共性，因此往往比照著詞的功能屬性，把短語的功能類型分為名詞短語、動詞短語、形容詞短語等類型。但是僅僅看到短語和詞在造句功能方面的共性是不夠的，還應對二者的個性特徵多加區別注意，否則對短語進行功能分類就有失於公允和全面，比如目前語法學界無法將「主謂短語」和「介賓短語」進行功能歸類，只好既看作結構類型稱謂，又看作功能類型稱謂的做法（講短語的結構類型有「主謂短語」和「介賓短語」，講短語的功能類型還將它們與「名詞短語」、「動詞短語」、「形容詞短語」等並列），就有點勉為其難。

短語和單詞都是造句的材料，在造句功能方面，漢語短語的個性特徵可以從如下幾個層面來觀察：

其一，短語和詞都有能獨立成句的和不能獨立成句的，這便是短語按語法功能進行一級分類的依據。但短語和詞的功能屬性還有不同：有些詞（成分詞）能充當句法成分，有些詞（關係詞）卻不能充當句法成分；而所有的短語都可以充當句法成分，即便不能獨立成句的短語（介賓短語、動介短語、所字短語）也不例外。因此，短語功能類型的第一級分類，可以考慮以能否獨立成句為標準，並充分注意到不能獨立成句的短語的個性特徵，據此，可先將短語大別為「能獨立成句的短語」和「不能獨立成句的短語」兩類。

其二，詞獨立成句時，只能構成單句，不能構成複句和緊縮句；而短語獨立成句時，除能構成單句外，有些短語（複句形式短語）還能構成複句，有些短語（緊縮形式短語）還能構成緊縮句。這便是短語按語法功能進行二級分類的依據。鑒於此，短語功能類型的第二級分類，可以考慮以能獨立構成何種句型為標準，據此，可將「能獨立成句的短語」再拆分為「能獨立構成單句的短語」、「能獨立構成複句的短語」、「能獨立構成緊縮句的短語」三類，這樣一來，分句形式短語和緊縮形式短語的功能屬性也就有了歸宿，而且也和漢語句子的三種結構類型（單句、複句、緊縮句）一一對應，充分體現了短語是造句材料的功能屬性。

其三，詞獨立構成單句時，只能構成非主謂句，不能構成主謂句；而短語獨立構成單句時，在大多能構成非主謂句的同時，也有能構成主謂句的主謂短語。這便是短語按語法功能進行三級分類的依據。如此區分，則主謂短語的功能便得到了充分的體現，也就不會像許多語法論著那樣，將主謂短語與名詞短語、動詞短語、形容詞短語等放在一個平面上來討論了。

其四，詞可以具體分為名詞、動詞、形容詞等若干類，短語卻不便於同這些類詞一一對等，因為短語都可以充當句法成分，因此都相當於詞中的「成分詞」。而成分詞可以大別為體詞和謂詞，於是，將短語功能類型的第四級分類只分為「體詞性短語」和「謂詞性短語」就已經足夠了，而且也真正體現了這兩類短語的不同語法功能。這便是短語按語法功能進行四級分類的依據。至於「體詞性短語」和「謂詞性短語」內部的成員構成，只需按照體詞與謂詞的本質屬

性來逐一衡量那 17 種能獨立構成非主謂句的短語便可一目了然了。據此我們可以將上面圖 27-1 和圖 27-2 的功能分類重新整理成下圖，以便於統觀概覽：

不能獨立成句的短語				介賓短語（向南）、動介短語（來自）、所字短語（所思）	
能獨立成句的短語	能獨立構成複句的短語			複句形式短語	（善有善報，惡有惡報）
	能獨立構成緊縮句的短語			緊縮形式短語	（有啥說啥）
	能獨立構成單句的短語	能獨立構成主謂句的短語		主謂短語	（社會在發展）
		能獨立構成非主謂句的短語	體詞性短語（整體歸屬的）	定中短語	（清新的空氣）
				復指短語	（短語這級語言單位）
				方位短語	（校園之內）
				的字短語	（自由民主的）
				系位短語	（二十萬）
				指量短語	（這種）
				形量短語	（大塊）
			體詞性短語（分拆的）	聯合短語（體詞+體詞）	（單句與複句）
				數量短語（數詞+名量／計量）	（三公斤）
				疑量短語（疑代詞+名量／計量）	（哪個）
				方量短語（方位詞+名量詞）	（上頁）
			謂詞性短語（整體歸屬的）	狀中短語	（認真學習）
				中補短語	（聽得懂）
				動賓短語	（學習語法）
				連動短語	（出庭作證）
				兼語短語	（讓他過來）
				比況短語	（碧玉一般）
			謂詞性短語（分拆的）	聯合短語（謂詞+謂詞）	（調查研究）
				數量短語（數詞+動量詞）	（兩次）
				疑量短語（疑代詞+動量詞）	（幾趟）
				方量短語（方位詞+動量詞）	（下次）

圖 27-3

　　上表中用加粗字體顯示的為漢語短語的功能類型，括號內的文字為解說或舉例。至此，我們對漢語短語這一級語法單位，已經用了整整一章的論述文字從語法結構和語法功能兩個方面探討了它的內部分類問題。我們從中不難看出，短語的語法結構一方面含有詞法結構因素，例如「自由短語」、「固定短語」的一級分類，又如「復合型短語」、「附加型短語」的二級分類；另一方面又含

有句法結構因素，例如「主謂短語」、「動賓短語」、「定中短語」、「狀中短語」、「中補短語」等。從中也不難看出，短語的語法功能同樣是一方面含有詞法功能因素，例如「體詞性短語」和「謂詞性短語」的區分；另一方面又含有句法功能因素，例如看它能否獨立成句，能獨立構成什麼句型，是能獨立構成單句、複句還是緊縮句，是能獨立構成主謂句還是非主謂句等。可見，漢語中短語這一級語法單位確實是溝通詞這一級語法單位與句子這一級語法單位的橋梁和樞紐，在給短語進行結構分類和功能分類時，只有充分重視短語的這一「橋梁和樞紐」的特性，才能更接近客觀存在的漢語語法規律。

本論四：漢語句子的結構與功能

〔本章導語〕

　　本章論及漢語句子的結構與功能，共由十三節內容構成：先用一節概述漢語句子的結構成分，漢語句子共有三種形態：單句、複句、緊縮句，這三種形態的句子都有各自的句子成分。接著用七節的篇幅來分別討論漢語句子的各種成分：主語、謂語、動語、賓語、定語、狀語、補語、中心語、兼語、關聯語、修飾語、附插語、獨立語，每一種成分都詳細討論了它的內部構成及其語法功能特性。接下來用四節的篇幅來討論漢語句子的結構分類，先用一節來概述漢語句子結構分類的標準及其所分類型，然後用三節來分別闡述漢語的單句、複句、緊縮句、變式句、省略句的內部結構特點及其小的結構類型。最後用一節的篇幅論及漢語句子的功能分類，詳加討論陳述句、疑問句、祈使句、感歎句四種不同功能類型句子的內部構成及其語氣特徵。

28. 漢語句子成分構成之一：句子成分概觀

　　漢語句子的語法結構成分簡稱句子成分，漢語的常式句共有三種形態：單句、複句、緊縮句，這三種形態的句子都有各自的句子成分。

一、單句的結構成分

單句的結構成分有兩大類，即基本成分和游離成分。

構成單句基本構架的成分是基本成分，它包括六種主幹成分和三種輔助成分。六種主幹成分是：主語、謂語、動語、賓語、中心語、兼語。三種輔助成分是：定語、狀語、補語。

游離於單句基本構架之外的成分是游離成分，游離成分有三種：句首修飾語（可簡稱為「修飾語」，傳統稱作「句首狀語」）、句內附插語（可簡稱為「附插語」，傳統稱作「插入語」或「插說」）、句外獨立語（可簡稱為「獨立語」，包括傳統的「稱呼語」、「應歎語」）。

單句有主謂句與非主謂句之分，主謂句的表層結構含有主語和謂語，非主謂句的表層結構不含有主語和謂語。無論是主謂句還是非主謂句，都可能含有句首修飾語、句內附插語、句外獨立語等游離成分。

主謂句都可以作相應的句法成分分析；非主謂句如果含有動語、賓語、定語、狀語、補語、中心語、兼語等主幹成分和輔助成分的話，也可以作相應的結構分析；非主謂句如果是由聯合短語、復指短語、系位短語、數量短語、指量短語、疑量短語、形量短語、方量短語、方位短語、比況短語、的字短語等非句法關係短語獨立構成的，那麼它們就不含有動語、賓語、定語、狀語、補語、中心語、兼語等主幹成分和輔助成分，則可不作句法成分分析。

二、複句的結構成分

複句的結構成分有三類，即複合成分（通常稱作「分句」）、關聯成分（通常稱作「關聯詞語」）、句首修飾成分（通常稱作「句首狀語」）。目前大多數漢語語法著作對於複句的以上三類成分，除了句首修飾語之外，大多沒有將「複合成分」與「關聯成分」當作句子成分看待，而只是根據習慣將其稱作「分句」與「關聯詞語」。

我們這裏要說：所謂「分句」並不是「句」，所謂「關聯詞語」也不是一般意義上的「詞語」，它們都是複句的句子成分。用「分句」的概念來稱它是「句」，是誇大了它的語法地位；用「關聯詞語」的概念來稱它是「詞語」，則貶低了它的語法作用。只有以句子成分對待之，才能體現它們的語法本質。

　　複句內部的複合成分（所謂「分句」）之間的關係，就是一句話之內的複句句法結構的語法關係，並不是「句」與「句」之間的關係；而複句內部的關聯成分（所謂「關聯詞語」）是體現複句句法結構關係的顯性標誌。

　　複句的複合成分相當於單句中充當句子成分的「成分詞」或者充當句子成分的短語，複句的關聯成分相當於單句中表示語法關係的「關係詞」。一個複句可以有關聯成分，也可以沒有關聯成分。有關聯成分的複句稱為「關聯複句」，其句法結構關係更為明顯；沒有關聯成分的複句稱為「意合複句」，其句法結構關係若隱若現。所以說關聯成分是體現複句句法結構關係的顯性標誌。

三、緊縮句的結構成分

　　緊縮句的成分比較特殊，因為緊縮句在語義內容上是複句，而在結構形式上卻是單句，所以它既有複句的構成成分，又有單句的構成成分。

　　緊縮句的表層結構隱含有複句關係，因此它的表層成分類似於複句內部的「複合成分」，只是在「複合成分」之間沒有語音停頓，習慣上也不便於稱為「分句」；緊縮句的深層結構體現為單句關係，因此它的深層成分類似於單句的構成成分。

　　單句有主謂句與非主謂句之分，緊縮句也有主謂句與非主謂句之別：緊縮句是由緊縮短語作謂語（例如：你不去也行。）或者由緊縮短語獨立成句（例如：不去也行。）的句子，前者屬於主謂句，後者屬於非主謂句。

　　屬於主謂句的緊縮句，在指出其表層結構隱含的複句關係之後，也可以按主謂句的語法結構來分析。

　　屬於非主謂句的緊縮句，則可按非主謂句的構成原理對待，含有句法關係的，就做句法分析；不含句法關係的就不做句法分析。

　　無論是主謂結構的緊縮句，還是非主謂結構的緊縮句，都可能含有句首修飾語（例如：明天你不去也行。）和句外獨立語（小王，你不去也行。）等成分。

　　綜上所述，可以將現代漢語的各類句子成分圖示如下：

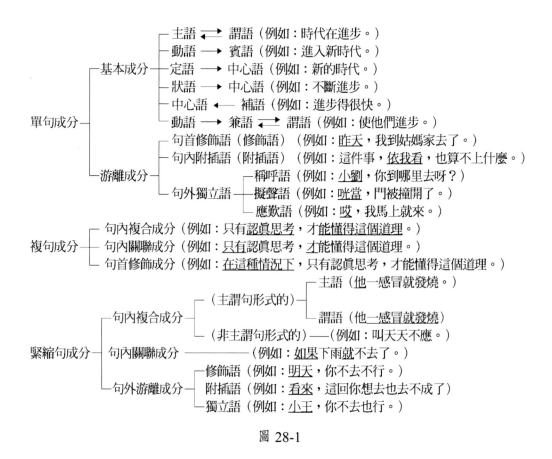

圖 28-1

29. 漢語句子成分構成之二：主語和謂語

本節論及主語和謂語這一對成分，先總述二者的身份識別，再分說各自的類型與構成。

一、主語和謂語的識別

主語和謂語是被陳述與陳述的關係，謂語是用來陳述主語的，這就叫「有所謂」，否則那就真是「無所謂」了。在主謂結構中，被陳述的部分為主語，其餘的部分為謂語。主語和謂語是共存共現的一對成分，也就是說，有主語則必有謂語，如果出現了謂語，則主語也必定出現，如果找不到主語，那麼自然也就「無所謂」了，因此我們不採用「無主句」的說法，凡是主語和謂語不能共存共現的單句就可以歸入「非主謂句」之列。

二、主語的類型

主語的類型可依據其是否表示動作行為的主體或者受體來劃分，可以區分

為表示動作行為的主體的、表示動作行為的受體的、不表示動作行為的主體與受體的三種類型。表示動作行為的主體的主語稱為施事主語，表示動作行為的受體的主語稱為受事主語，不表示動作行為的主體與受體的主語稱為當事主語。

現將三類不同的主語羅列如下，示例中下加單橫線的成分為主語：

（1）**施事主語**：表示動作行為的主體，是動作行為的發出者。

例如：<u>他們</u>出發了。

（2）**受事主語**：表示動作行為的受體，是動作行為的承受者。

例如：<u>他</u>燙傷了。

（3）**當事主語**：既不是動作行為的主體也不是動作行為的受體。

例如：<u>她</u>是李老師。

在上面的示例中，「出發」這一動作行為的主體是「他們」，因此「他們」是施事主語；「燙傷」這一動作行為的受體是「他」，因此「他」是受事主語；而判斷動詞「是」不表動作行為，所以「她」既不是動作行為的主體也不是動作行為的受體，應為當事主語。

一般說來，主動句的主語為施事主語，或者說，主語為施事主語的句子是主動句；被動句的主語為受事主語，或者說，主語為受事主語的句子是被動句；而判斷句、確認句、描寫句、說明句的主語為當事主語，因為它們的謂語都不表示明確的行為動作，因此也就無所謂動作行為的發出者（主體）或承受者（受體）了。

主語的施受性質是就主語所表示的人或事物與謂語所表示的動作行為之間的語義關係而言的：主語表示動作行為的發出者的叫「施事主語」，施事主語句都是主動句，這是漢語最常用的句式；主語表示動作行為的承受者的叫「受事主語」，受事主語句都是被動句，漢語的被動句不一定都要用「被、給、叫、讓」等表被動的詞語，可依主語的受事性質來判別。施事主語句（主動句）和受事主語句（被動句）在表達時往往可以互相轉換，在具體表達中是選用施事主語句還是選用受事主語句，應依據行文連貫的需要和句意重點強調什麼而定。

一般說來，施事主語句（主動句）和受事主語句（被動句）中的謂語中心詞多為表動作行為或心理活動的動詞，而如果主謂句中的謂語中心詞不是由動詞充當（如由形容詞、名詞等充當）或者不是由表動作行為或心理活動的動詞

充當（如由「是、有、像、姓」等非行為動詞充當）的話，那麼其主語往往既不表示施事，也不表示受事，這樣的主語可稱為「當事主語」（也叫「中性主語」）。

「當事主語句」又可依據其謂語的性質分為三類：一是由體詞性成分充當謂語的句子，可稱為「說明句」；二是由形容詞性成分充當謂語的句子，可稱為「描寫句」；三是由不表行為或心理的動詞性成分充當謂語的句子，有的是「判斷句」，有的可稱為「確認句」。

三、主語的構成

主語的構成是指主語可能由哪些單詞或短語來充任，也就是說，主語可以由哪些單詞或短語構造而成。

1、單詞作主語

從單詞的角度來看，只有成分詞才可以充任主語，成分詞共有九類。其中區別詞通常只能作定語，副詞通常只能作狀語，趨向詞通常只能作補語，這三類詞一般不能作主語；而名詞、動詞、形容詞、代詞、數詞、擬聲詞這六類詞都可以做主語。下面簡單各舉一例（下加單橫線的單詞為主語）：

名詞作主語：中國地大物博。

動詞作主語：游泳可以增強體質。

形容詞作主語：薄如紙。

代詞作主語：他們不知道。

數詞作主語：四是一個偶數。

擬聲詞作主語：嘟嘟嚷嚷不好聽。

2、短語作主語

從短語的角度來看，理論上講，所有的短語都可以充當句子成分，在常見的 23 種結構方式的短語中，只有介賓短語、動介短語、比況短語、所字短語這四種短語不便於充當主語，其餘 19 種短語都可以充任主語。下面簡單各舉一例（下加單橫線的短語為主語）：

聯合短語作主語：城市與鄉村共同繁榮。

復指短語作主語：首都北京在快速發展。

定中短語作主語：空氣的質量有所提高。

狀中短語作主語：<u>快走</u>是一種有益的鍛鍊方式。

中補短語作主語：<u>睡得好</u>是關鍵。

動賓短語作主語：<u>學習語法</u>很有必要。

主謂短語作主語：<u>老師教學生</u>也不容易。

連動短語作主語：<u>進城賣菜</u>要趕早。

兼語短語作主語：<u>請他來</u>也可以。

系位短語作主語：<u>三十二</u>可以被八整除。

數量短語作主語：<u>一天</u>都不耽誤。

指量短語作主語：<u>這件</u>很不錯。

疑量短語作主語：<u>哪位</u>知道這件事？

形量短語作主語：<u>大件</u>要用車來運。

方量短語作主語：<u>下次</u>不要這樣。

方位短語作主語：<u>院子裏</u>有棵樹。

的字短語作主語：<u>幹活的</u>回來了。

所字短語作主語：<u>所見</u>都是事實。

複句短語作主語：<u>你也不去，他也不去</u>，這怎麼行？

緊縮短語作主語：<u>一碰就哭</u>可不好。

在以上各例中，可能會引起爭議的是「<u>老師教學生</u>也不容易」和「<u>你也不去，他也不去</u>，這怎麼行？」這兩個句子的主語。

「<u>老師教學生</u>也不容易」這一句可能會被認爲是由「老師」作大主語、由「教學生也不容易」作大謂語的「主謂謂語句」，其實這一句話的被陳述對象是「老師教學生」，全句是說做什麼「也不容易」，回答「做什麼」的是「老師教學生」，即「<u>老師教學生</u>也不容易」；全句並不是說老師怎麼樣，所以「老師」不是全句的大主語，「老師教學生」才是全句的主語。

「<u>你也不去，他也不去</u>，這怎麼行？」這一句可能會被認爲是由三個分句構成的二重複句，第一層在後兩個分句之間，是解說關係，第二層在前兩個分句之間，是並列關係，但是我們應該充分重視指代詞「這」的指代作用，「這」所指代的正是「你也不去，他也不去」這個複句形式的短語，所以應該將這個複句短語「你也不去，他也不去」整體看作是全句的大主語，而「這」是這個

句子的小主語，全句是個主謂謂語句，是個單句。「你也不去，他也不去」這個複句短語既然是全句的大主語，那麼當然就是屬於「複句短語作主語」的構成形式了。

四、謂語的類型

談完了主語，再來談謂語，先說謂語的類型，再說謂語的構成。由於漢語的謂語可能由主謂短語、非主謂短語以及單個的成分詞來充當，依據這些語言成分的性質，可以將謂語區分為主謂結構謂語和非主謂結構謂語，非主謂結構謂語中又可區分為謂詞性謂語和體詞性謂語兩類，於是，謂語便有主謂結構謂語、謂詞性謂語、體詞性謂語三種類型。

現將三類不同的謂語羅列如下，示例中下加單橫線的成分為謂語：

（1）**主謂結構謂語**：由主謂短語充當的謂語。

例如：她<u>性格溫和</u>。

（2）**謂詞性謂語**：由謂詞或謂詞性短語充當的謂語。

例如：她<u>知道</u>。 ／ 她<u>知道這件事</u>。

（3）**體詞性謂語**：由體詞或體詞性短語充當的謂語。

例如：今天<u>星期天</u>。 ／ 她<u>才三歲</u>。

謂語的性質是就構成謂語的詞或短語的自身功能屬性而言的：

謂語由體詞或體詞性短語構成的叫「體詞性謂語」，通常將其稱為「名詞性謂語」，不如用「體詞性謂語」的稱謂概括得嚴密。

謂語由謂詞或謂詞性短語構成的叫「謂詞性謂語」，通常將其歸入「動詞性謂語」和「形容詞性謂語」兩類，其實不如合稱為「謂詞性謂語」概括得嚴密。

謂語由主謂短語構成的叫「主謂結構謂語」，有時可簡稱為「主謂謂語」。

主謂結構謂語是漢語主謂句中很獨特很有用的一種句式，主謂短語作謂語是漢語的一大特點，謂詞性謂語是漢語多數謂語的常態，體詞性謂語往往是由於表達時省略了某些謂詞性詞語造成的。

五、謂語的構成

謂語的構成是指謂語可能由哪些單詞或短語來充任，也就是說，謂語可以由哪些單詞或短語構造而成。

1、單詞作謂語

從單詞的角度來看，只有成分詞才可以充任謂語，成分詞共有九類。其中區別詞通常只能作定語，趨向詞通常只能作補語，這兩類詞一般不能作謂語；而名詞、動詞、形容詞、代詞、數詞、擬聲詞這六類詞都可以做謂語；需要特別加以說明的是副詞，副詞本來通常只能作狀語，但是一些能願副詞和個別的否定副詞在省略句的語境下也可以作謂語。下面簡單各舉一例（下加單橫線的單詞爲謂語）：

名詞作謂語：今天<u>中秋節</u>。

動詞作謂語：我<u>想想</u>。

形容詞作謂語：天氣<u>晴朗</u>。

代詞作謂語：你<u>怎麼</u>啦？

數詞作謂語：你<u>第一</u>，我<u>第二</u>。

擬聲詞作謂語：雷聲<u>轟隆轟隆</u>。

副詞作謂語：我<u>不</u>。 ／ 他<u>願意</u>。

在上述各種謂語形態中，名詞作謂語、數詞作謂語、副詞作謂語往往都是出現在有所省略的語境中，不是它們本身的職責。

另外需要指出的是，像「她出去。」「我上去。」這一類句子的謂語「出去」、「上去」應該看作是行爲動詞，不應看作是趨向詞，所以這是屬於動詞作謂語，不屬於趨向詞作謂語，也就是說，趨向詞只能作補語，不能作謂語。

2、短語作謂語

從短語的角度來看，理論上講，所有的短語都可以充當句子成分，在常見的 23 種結構方式的短語中，只有介賓短語、動介短語、所字短語這三種短語不便於充當謂語，其餘 20 種短語都可以充任謂語。下面簡單各舉一例（下加單橫線的短語爲謂語）：

聯合短語作謂語：孩子們<u>邊走邊唱</u>。

復指短語作謂語：明天<u>「六一」兒童節</u>。

定中短語作謂語：老張<u>東北的農民</u>。

狀中短語作謂語：他<u>高興地答應了</u>。

中補短語作謂語：莊稼<u>生長得很好</u>。

動賓短語作謂語：大家<u>爭論了許多問題</u>。

主謂短語作謂語：他<u>心情不好</u>。

連動短語作謂語：病人<u>臥床休息</u>。

兼語短語作謂語：老師<u>讓學生回答問題</u>。

系位短語作謂語：今天<u>二十九</u>，明天<u>三十</u>。

數量短語作謂語：床上<u>一堆</u>，地上<u>一堆</u>。

指量短語作謂語：你們<u>這箱</u>，我們<u>那箱</u>。

疑量短語作謂語：這孩子<u>幾歲</u>啦？

形量短語作謂語：你們<u>大堆</u>，我們<u>小堆</u>。

方量短語作謂語：你們幾個<u>前排</u>，我們幾個<u>後排</u>。

方位短語作謂語：男同學<u>路左邊</u>，女同學<u>路右邊</u>。

比況短語作謂語：他這個人<u>孩子似的</u>。

的字短語作謂語：這臺電腦<u>公司的</u>。

複句短語作謂語：一個個<u>人不像人，鬼不像鬼</u>。

緊縮短語作謂語：這孩子<u>一出門就到處亂跑</u>。

　　需要特別指出的是，復指短語、定中短語、系位短語、數量短語、指量短語、形量短語、方量短語、方位短語作謂語的時候，往往都是出現在有所省略的語境中，不是它們本身的職責。而且，系位短語、數量短語、指量短語、形量短語、方量短語、方位短語作謂語的時候，往往都需要有兩個或多個分句來對應表達。

30. 漢語句子成分構成之三：動語和賓語

　　本節論及動語和賓語這一對成分，先總述二者的身份識別，再分說各自的類型與構成。

一、動語和賓語的識別

　　動語和賓語是支配與被支配的關係，動語是用來支配賓語的。在動賓結構中，起支配作用的謂詞或謂詞性短語稱爲動語，其餘的部分爲賓語。動語和賓

語是共存共現的一對成分，也就是說，有動語則必有賓語，如果出現了賓語，則動語也必定出現，如果找不到動語，那麼自然也就不存在賓語。

「動語」在一些語法著作中又叫「述語」，動賓關係又叫「述賓關係」，我們總覺得「述」字含有陳述或敘述的意思，而動賓關係並非陳述性質，不宜稱作「述賓關係」，故本書不取「述語」稱謂。正如構成主謂關係的一對成分分別為主語和謂語、構成定中關係的一對成分分別為定語和中心語、構成狀中關係的一對成分分別為狀語和中心語一樣，構成動賓關係的一對成分理應稱為動語和賓語。

另外，傳統漢語語法所表述的「謂語帶賓語」或者「動詞帶賓語」的說法都不盡科學，因為謂語是跟主語相匹配的成分，不是跟賓語相匹配的，而動詞是「詞」，不是句子成分的概念，因此，既然我們都承認「動賓關係」，那麼構成動賓關係的一對成分，一個叫動語，一個叫賓語，也就是順理成章的事了。

二、動語的類型

動語的類型可依據其支配對象的多少來劃分，可以區分為支配單個賓語的和支配兩個賓語的兩種類型。支配單個賓語的動語稱為單賓動語，支配兩個賓語的動語稱為雙賓動語。現將兩類不同的動語羅列如下，示例中下加單橫線的成分為動語：

（1）**單賓動語**：支配單個賓語的動語。

例如：<u>認識</u>他們。 / <u>購買</u>材料。

（2）**雙賓動語**：支配兩個賓語的動語。

例如：<u>送</u>他東西。 / <u>告訴</u>你一件事。

三、動語的構成

動語的構成是指動語可能由哪些單詞或短語來充任，也就是說，動語可以由哪些單詞或短語構造而成。

1、單詞作動語

從單詞的角度來看，只有成分詞才可以充任動語。成分詞共有九類，其中區別詞通常只能作定語，副詞通常只能作狀語，趨向詞通常只能作補語，這三類詞一般不能作動語；剩下的六類詞，屬於謂詞的動詞、形容詞、擬聲詞、代

詞中的疑代詞可以作動語，而屬於體詞的名詞、數詞、代詞中的稱代詞和指代詞一般不能作動語；特殊情形是在文言的詞類活用語境中名詞、數詞偶而也可以活用作動語。下面簡單各舉一例（下加單橫線的單詞為動語）：

動詞作動語：學生<u>學習</u>漢語語法。

形容詞作動語：他們倆從沒<u>紅</u>過臉。（形容詞的兼類用法）

疑代詞作動語：你又<u>怎麼</u>了他？

擬聲詞作動語：他在夢裏還直<u>吧噠</u>嘴。

名詞作動語：左右欲<u>刃</u>相如（《史記・廉頗藺相如列傳》／文言用法）

數詞作動語：士也罔極，<u>二三</u>其德。（《詩經・氓》／文言用法）

需要特別指出的是，像「紅過臉」、「亮了天」、「彎著腰」這一類所謂「形容詞作動語」的情形，通常認為這裏的「紅、亮、彎」屬于謙類詞，當它們做動語（帶賓語）的時候已經不是形容詞了，而應看作是動詞。我們認為這樣理解當然是可以的，但由於漢語的形容詞不同於英語的形容詞，它可以作謂語，那麼，既然漢語的形容詞可以作謂語，而且有些形容詞可以帶賓語，說它可以作動語也沒有什麼不可以的。

2、短語作動語

從短語的角度來看，理論上講，所有的短語都可以充當句子成分，然而能夠帶賓語而充當動語的短語卻不多，在常見的 23 種結構方式的短語中，大約只有動介短語、狀中短語、中補短語、謂詞性的聯合短語、個別的動賓短語、個別的所字短語可以充任動語而帶賓語，其餘 17 種短語都不能帶賓語，也就不能作動語。下面簡單各舉一例（下加單橫線的短語為動語）：

動介短語作動語：他一直<u>癡迷於</u>這件事。

狀中短語作動語：他<u>不知道</u>這件事。

中補短語作動語：人們<u>收拾完</u>了東西。

謂詞性的聯合短語作動語：與會者<u>討論並審定</u>了這個草案。

動賓短語作動語：我<u>告訴</u>你一個好消息。／他<u>娶妻</u>張桂雲。

所字短語作動語：敵人被他們<u>所殺</u>數十人。／他<u>所貪</u>贓款十二萬。

需要特別指出的是，本書設立「動介短語」一類，其功用就是作動語，也可以說動介短語是只能作動語的短語，像「他一直癡迷於這件事。」這句話，

許多語法論著認爲是介賓短語「於這件事」作補語，我認爲「這件事」是賓語，關涉它的動語是「癡迷於」這個動介短語。

另外，動賓式合成動詞作動語也是比較常見的，例如「<u>任職</u>這家公司」、「<u>入籍</u>國家隊」、「<u>匯款</u>大陸」等，因爲動賓式動詞相對於動賓短語而言，它的詞化程度更高。也正是由於其詞化了，才出現了能帶賓語的可能性；而不便看作是一個單詞的動賓短語能夠帶賓語的情形卻不多見，但並非沒有，如上文所舉的「<u>娶妻</u>張桂雲」之類，「娶妻」不便看作是一個單詞，那就是動賓短語作動語了。

而另有一類情形卻可以看作是動賓短語作動語，那就是雙賓語結構。一些語法論著常將雙賓語結構中的兩個賓語看成是處在同一個層面的，其實不然，雙賓語結構中遠離動詞的賓語（遠賓語）是處在表層的直接賓語（句子的賓語），而緊接動詞的賓語（近賓語）是處在深層的間接賓語（短語的賓語），既然近賓語是短語的賓語，那麼由動詞和近賓語構成的動賓短語也就充當了遠賓語的動語。現將上文所舉的雙賓語結構「告訴你一個好消息」圖解如下：

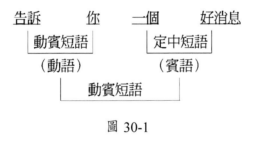

圖 30-1

至於所字短語作動語的前提條件則是要承認「所字短語」的謂詞屬性，「所」是用來強調它後面的動詞的，它並不改變動詞的謂詞屬性。既然所字短語具有謂詞屬性，那麼它也就有資格充任動語。

四、賓語的類型

談完了動語，再來談賓語，先說賓語的類型，再說賓語的構成。賓語的類型跟主語的類型近似，可依據其是否表示動作行爲的主體或受體來劃分，可以區分爲表示動作行爲的受體的、表示動作行爲的主體的、不表示動作行爲的受體與主體的三種類型。表示動作行爲的受體的賓語稱爲受事賓語，表示動作行爲的主體的賓語稱爲施事賓語，不表示動作行爲的主體與受體的賓語稱爲當事賓語。

現將三類不同的賓語羅列如下，示例中下加單橫線的成分為賓語：

（1）**受事賓語**：表示動作行為的受體，是動作行為的承受者。

例如：他打壞了<u>玻璃</u>。

（2）**施事賓語**：表示動作行為的主體，是動作行為的發出者。

例如：橋上能跑<u>火車</u>。

（3）**當事賓語**：既不是動作行為的受體也不是動作行為的賓體。

例如：牆上有<u>一幅畫</u>。

在上面的示例中，賓語「玻璃」是動作「打」的受體（打玻璃），故為受事賓語；賓語「火車」是行為「跑」的主體（火車跑），故為施事賓語；賓語「一幅畫」既不是動作行為的受體也不是動作行為的主體，因為動詞「有」不表示動作行為，它是個確認動詞，故「一幅畫」為當事賓語。

五、賓語的構成

賓語的構成是指賓語可能由哪些單詞或短語充任，也就是說，賓語可以由哪些單詞或短語構造而成。

1、單詞作賓語

從單詞的角度來看，只有成分詞才可以充任賓語，成分詞共有九類。其中區別詞通常只能作定語，副詞通常只能作狀語，趨向詞通常只能作補語，這三類詞一般不能作賓語；剩下的六類詞都可以作賓語。下面簡單各舉一例（下加單橫線的單詞為賓語）：

名詞作賓語：大家唱著<u>歌</u>。

動詞作賓語：我不想<u>去</u>。

形容詞作賓語：她愛<u>乾淨</u>。

代詞作賓語：人們原諒了<u>她</u>。

數詞作賓語：這道題等於<u>四</u>。

擬聲詞作賓語：她一個勁地喊著<u>哎喲</u>。

2、短語作賓語

從短語的角度來看，理論上講，所有的短語都可以充當句子成分，而且能夠作賓語的短語確實很多，在常見的 23 種結構方式的短語中，只有介賓短語和

動介短語不適合作賓語，其餘 21 種短語都可以充任賓語。下面簡單各舉一例（下加單橫線的短語為賓語）：

聯合短語作賓語：他喜歡<u>邊走邊看</u>。

復指短語作賓語：我不認識<u>小王這個人</u>。

定中短語作賓語：他們吃的是<u>無污染蔬菜</u>。

狀中短語作賓語：我不想<u>經常搬家</u>。

中補短語作賓語：他說<u>記不住</u>了。

動賓短語作賓語：老人想<u>吃水果</u>。

主謂短語作賓語：學校不准<u>學生住在校外</u>。

連動短語作賓語：他不想<u>站起來說話</u>。

兼語短語作賓語：我打算叫<u>他來一趟</u>。

系位短語作賓語：他還不到<u>二十二</u>呢。

數量短語作賓語：我也買了<u>兩斤</u>。

指量短語作賓語：我不喜歡<u>這種</u>。

疑量短語作賓語：你買<u>哪件</u>？

形量短語作賓語：師傅把面拉成<u>細條</u>。

方量短語作賓語：不會再有<u>下回</u>了。

方位短語作賓語：熊貓躲進<u>岩洞裏</u>。

比況短語作賓語：麥浪就像<u>海洋一般</u>。

的字短語作賓語：他認識<u>當官的</u>。

所字短語作賓語：大家不知<u>所措</u>。

複句短語作賓語：他告訴我說，<u>今天他沒有空，就不來了</u>。

緊縮短語作賓語：我說<u>你想吃啥就吃啥</u>吧。

31. 漢語句子成分構成之四：定語和定語中心語

本節論及定語和定語中心語這一對成分，先總述二者的身份識別，再分說定語的類型與構成以及定語中心語的構成。此外還要專門討論作為定語標誌的結構助詞「的」的語法作用以及定語自身的語法結構。

一、定語和定語中心語的識別

定語和定語中心語是修飾與被修飾或者限制與被限制的關係，定語是用來修飾或限制定語中心語的。在定中結構中起修飾或限製作用的成分為定語，被定語修飾或限制的成分為定語中心語。定語和定語中心語是共存共現的一對成分，也就是說，有定語中心語則必有定語，如果沒有定語，也就找不到定語中心語。

二、定語的類型

定語的類型可依據定語的修飾或限製作用來劃分，通常區分為表修飾的定語和表限制的定語兩種類型，修飾性定語側重於對中心語的感性描寫，限制性定語側重於對中心語的理性說明。現將兩類不同的定語羅列如下，示例中下加單橫線的成分為定語：

1、修飾性定語

修飾性定語是指描寫中心語的性質、狀態、屬性、特點等的定語。

例如：誠實的人 / 花衣服 / 防彈玻璃 / 興高采烈的孩子

以上各例，分別用定語「誠實」描寫中心語「人」的性質，用定語「花」描寫中心語「衣服」的狀態，用定語「防彈」描寫中心語「玻璃」的屬性，用定語「興高采烈」描寫中心語「孩子」的特點。

2、限制性定語

限制性定語是指說明中心語的時間、地域、數量、領屬關係等的定語。

例如：今天的工作 / 外國的朋友 / 兩本書 / 他的經驗

以上各例，分別用定語「今天」說明中心語「工作」的時間，用定語「外國」說明中心語「朋友」的地域，用定語「兩本」說明中心語「書」的數量，用定語「他」說明中心語「經驗」的歸屬。

三、定語的構成

定語的構成是指定語可能由哪些單詞或短語充任，也就是說，定語可以由哪些單詞或短語構造而成。

1、單詞作定語

從單詞的角度來看，只有成分詞才可以充任定語，成分詞共有九類。其中

區別詞是只能作定語的詞，名詞、動詞、形容詞、代詞、數詞、擬聲詞都可以作定語，只有副詞和趨向詞一般不適合作定語。下面簡單各舉一例（下加單橫線的單詞爲定語）：

區別詞作定語：這是一臺<u>大型</u>弔車。

名詞作定語：<u>同學</u>的家離這裏不遠。

動詞作定語：<u>流逝</u>的歲月一去不返。

形容詞作定語：<u>明媚</u>的陽光普照大地。

代詞作定語：<u>你們</u>的想法很好。

數詞作定語：<u>四</u>的二倍是八。

擬聲詞作定語：<u>嘩嘩</u>的水聲不絕於耳。

2、短語作定語

從短語的角度來看，理論上講，所有的短語都可以充當句子成分，而且能夠作定語的短語確實非常多，在常見的 23 種結構方式的短語中，只有動介短語和介賓短語不適合作定語（傳統語法認爲介賓短語可以作定語，例如「在家的孩子」，關於介賓短語不能作定語的理由詳見本書第 17 節「介詞」的相關論述），其餘 21 種短語都可以充任定語。下面簡單各舉一例（下加單橫線的短語爲定語）：

聯合短語作定語：他會做<u>又麻又辣</u>的四川菜。

復指短語作定語：這是<u>她自己</u>的想法。

定中短語作定語：他喜歡<u>北方漢子</u>的豪爽。

狀中短語作定語：老師表揚<u>努力學習</u>的學生。

中補短語作定語：他也有<u>起得早</u>的時候。

動賓短語作定語：你不知道<u>採草藥</u>的艱辛。

主謂短語作定語：<u>大家付出</u>的努力不會白費。

連動短語作定語：他也有<u>躺著看書</u>的時候。

兼語短語作定語：<u>請你赴宴</u>的人是誰？

系位短語作定語：<u>三十</u>的晚上沒有月光。

數量短語作定語：<u>一筐</u>桃子都爛了。

指量短語作定語：我不喜歡<u>這雙</u>鞋。

疑量短語作定語：我也不知道她在<u>哪個</u>班。

形量短語作定語：他愛吃<u>大塊</u>的肉。

方量短語作定語：<u>上次</u>的聚會你沒來。

方位短語作定語：<u>桌子上</u>的書是誰的？

比況短語作定語：她有一顆<u>金子般</u>的心。

的字短語作定語：<u>當官的</u>話不無道理。

所字短語作定語：<u>所瞭解</u>的情況就這麼多。

複句短語作定語：「<u>如果他不去，我也不去</u>」的話是你說的吧。

緊縮短語作定語：<u>一見有利就撲上去</u>的人相當自私。

需要特別指出的是，上面所舉「當官的話」這個定中短語，它的定語是「當官的」這個的字短語，而不是「當官」這個動賓短語，本該說成「當官的的話」，由於兩個「的」字連讀不順口，人們在表述中往往省略了一個。

四、定語中心語的構成

定語中心語的構成是指定語中心語可能由哪些單詞或短語充任，也就是說，定語中心語可以由哪些單詞或短語構造而成。

1、單詞作定語中心語

從單詞的角度來看，只有成分詞才可以充任定語中心語，成分詞共有九類。其中區別詞通常只能作定語，副詞通常只能作狀語，趨向詞通常只能作補語，這三類詞一般不適合作定語中心語；剩下的六類詞都可以作定語中心語。下面簡單各舉一例（下加單橫線的單詞為定語中心語）：

名詞作定語中心語：大家的<u>心情</u>很好。

動詞作定語中心語：我們歡迎你的<u>到來</u>。

形容詞作定語中心語：孩子們喜歡她的<u>溫柔</u>。

代詞作定語中心語：這裏只剩下一個痛苦的<u>我</u>。

數詞作定語中心語：數字中還有一個與眾不同的「<u>○</u>」。

擬聲詞作定語中心語：我已經習慣了這裏的<u>轟隆</u>。

2、短語作定語中心語

從短語的角度來看，理論上講，所有的短語都可以充當句子成分，而且能

夠作定語中心語的短語確實也很多，在常見的 23 種結構方式的短語中，只有介賓短語、動介短語、比況短語這三種短語不能作定語中心語，其餘 20 種短語都可以充任定語中心語。下面簡單各舉一例（下加單橫線的短語為定語中心語）：

聯合短語作定語中心語：我的<u>思想情緒</u>一下子激動起來。

復指短語作定語中心語：這就是令人嚮往的<u>高等學府北京大學</u>。

定中短語作定語中心語：他是我的<u>最好的朋友</u>。

狀中短語作定語中心語：我們期待著他的<u>幡然醒悟</u>。

中補短語作定語中心語：她苦悶於自己的<u>走不動</u>。

動賓短語作定語中心語：人們盼望著他的<u>縮減刑期</u>。

主謂短語作定語中心語：我們期待著嚴寒後的<u>大地回春</u>。

連動短語作定語中心語：他的<u>離家出走</u>是有原因的。

兼語短語作定語中心語：你說的<u>讓他離職</u>是誰的決定。

系位短語作定語中心語：那是她存的<u>十二萬</u>。

數量短語作定語中心語：我們在邊疆度過了難忘的<u>三年</u>。

指量短語作定語中心語：我不喜歡你說的<u>那件</u>。

疑量短語作定語中心語：你認識剛來的<u>哪位</u>？

形量短語作定語中心語：我就要剩下的<u>小薄片</u>吧。

方量短語作定語中心語：你說的<u>上次</u>究竟是哪一次？

方位短語作定語中心語：乾乾淨淨的<u>玻璃上</u>飛來一隻蒼蠅。

的字短語作定語中心語：他是個能言善辯的<u>教書的</u>。

所字短語作定語中心語：誰也不能奪去你的<u>所愛</u>。

複句短語作定語中心語：這就是民間說的「<u>只要功夫深，鐵棒磨成針</u>」。

緊縮短語作定語中心語：這就是你告訴我的「<u>越吃越想吃</u>」。

五、結構助詞「的」在定中結構中的作用

在現代漢語的定中結構中，結構助詞「的」是定語與定語中心語之間的結構標誌，在許多情況下，使用「的」才能顯示其具有定中關係。例如：

① 父親母親 / 父親的母親

「父親」與「母親」之間不用「的」是聯合關係，用「的」才是定中關係。

② 討論問題 / 討論的問題

「討論」與「問題」之間不用「的」是動賓關係，用「的」才是定中關係。

③ 我們教師 / 我們的教師

「我們」與「教師」之間不用「的」是復指關係，用「的」才是定中關係。

④ 認真地學習 / 認真的學習

「認真」與「學習」之間用「地」是狀中關係，用「的」才是定中關係。

當然像例（4）這種情況，僅限於書面上的區分，口語中「的」與「地」讀音一樣，是聽不出來的。在書面上，「認真」究竟是定語還是狀語，可以由該短語的上下文語境來決定，也可以由結構助詞「的」或「地」來決定；而在口語中則只能由該短語的上下文語境決定。

但是，這並不意味著定語之後就一定要用「的」，在某些定中結構的定語與定語中心語之間可以用「的」，也可以不用「的」，但用不用「的」在語意表達上還是有細微區別的。這些細微區別主要體現在兩個方面：

其一，有時用不用「的」表示定語和中心語結合的程度不同，用「的」有突出強調定語的作用。例如：

① 歷史事件 / 歷史的事件

「歷史」與「事件」之間用不用「的」都是定中關係，不用「的」沒有強調作用，用了「的」就有了強調定語的作用，強調這個事件是發生在歷史上的，而不是現實的事件。

② 木頭椅子 / 木頭的椅子

「木頭」與「椅子」之間用不用「的」都是定中關係，不用「的」沒有強調作用，用了「的」就有了強調定語的作用，強調這個椅子是用木頭做的，而不是別的材料的。

③ 工作經驗 / 工作的經驗

「工作」與「經驗」之間用不用「的」都是定中關係，不用「的」沒有強調作用，用了「的」就有了強調定語的作用，強調這個經驗是在工作中獲得的，而不是學習、生活、交際等方面的。

④ 我們國家 / 我們的國家

「我們」與「國家」之間用不用「的」都是定中關係，不用「的」沒有強

調作用，用了「的」就有了強調定語的作用，強調這個國家是我們的，而不是別人的。

其二，有時用不用「的」可以表示修飾性定語或限制性定語的區別。通常情形是，不用「的」的定語爲修飾性定語，用「的」的定語爲限制性定語。例如：

①　她是個英雄母親／她是個英雄的母親

「英雄」與「母親」之間用不用「的」都是定中關係，當不用「的」時定語爲修飾性定語，「英雄母親」的意思是說母親本人是英雄，是具有英雄氣概的母親；而用「的」時定語就成了限制性定語了，「英雄的母親」的意思是說母親本人不是英雄，她的子女才是英雄，她是一位英雄人物的母親。

②　她耍小孩子脾氣／她耍小孩子的脾氣

「小孩子」與「脾氣」之間用不用「的」都是定中關係，當不用「的」時定語爲修飾性定語，「她」不是小孩子，「小孩子脾氣」的意思是指大人像小孩子一樣的脾氣；用「的」時定語就成了限制性定語了，「她」就是小孩子，「小孩子的脾氣」的意思就眞的不是大人的脾氣，而是實實在在屬於小孩子的脾氣了。

六、分加的定語與合加的定語

在定中結構中，如果中心語前邊有多個修飾或限制性的詞語，那麼這多個詞語可能是分別修飾限制中心語的「分加的定語」，也可能是整體修飾限制中心語的「合加的定語」，二者的語法結構是不相同的。

1、分加的定語

分加的定語是指由多個定語分別修飾或限制多個不同的中心語。例如：

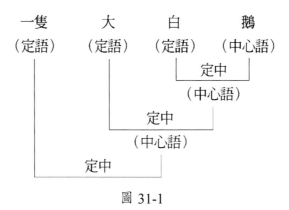

圖 31-1

　　這是一個含有分加定語的定中短語，三個定語「一隻」、「大」、「白」分三個層次分別修飾或限制三個不同的中心語，那就是：「白」是修飾「鵝」的，「大」是修飾「白鵝」的，「一隻」是限制「大白鵝」的。

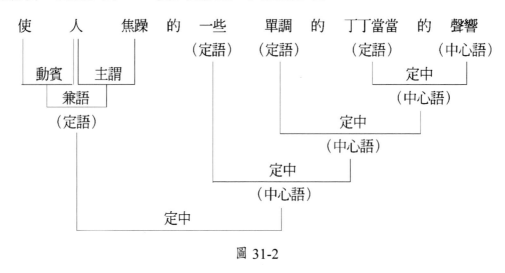

圖 31-2

　　這也是一個含有分加定語的定中短語，其中的四個定語「使人焦躁」、「一些」、「單調」、「丁丁當當」是分四個層次分別修飾或限制四個不同的中心語的，具體來說就是：定語「丁丁當當」是修飾中心語「聲響」的特點的，定語「單調」是修飾中心語「丁丁當當的聲響」的屬性的，定語「一些」是限制中心語「單調的丁丁當當的聲響」的數量的，定語「使人焦躁」是修飾中心語「一些單調的丁丁當當的聲響」的特點的。

2、合加的定語

　　合加的定語是指由一個短語形式的定語整體修飾或限制一個中心語。例如：

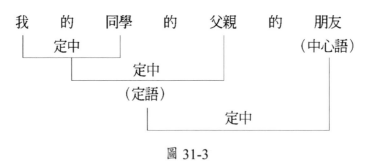

圖 31-3

　　這是一個含有合加定語的定中短語，中心語「朋友」之前貌似含有幾個定語，其實它們整體構成一個定中短語——「我的同學的父親」，再由這個定中短語來整體充當「朋友」的定語；而「我的同學的父親」這個定中短語的定語也

是合加的定語，即由「我的同學」這個定中短語整體充當「父親」的定語。其內在含義是：只有「同學」才是「我」的同學，而「父親」卻不是「我」的父親，他是「我的同學」的父親；至於「朋友」嘛，既不是「我」的朋友，也不是「我的同學」的朋友，更不是「我的父親」的朋友，而是「我的同學的父親」的朋友。

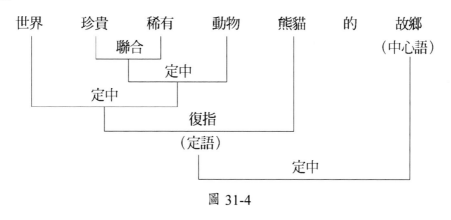

圖 31-4

這也是一個含有合加定語的定中短語，中心語「故鄉」之前貌似含有幾個定語，其實它們整體構成一個復指短語──「世界珍貴稀有動物熊貓」，再由這個復指短語整體充當「故鄉」的定語。其內在含義是：「故鄉」不能簡單理解為是「熊貓」的故鄉，因為「熊貓」只是一個復指短語的後項；「故鄉」也不能簡單理解為是「世界珍貴稀有動物」的故鄉，因為「世界珍貴稀有動物」只是一個復指短語的前項，只有將「世界珍貴稀有動物熊貓」這個復指短語整體看作是「故鄉」的定語，才符合這個定中短語的真實語法結構。

32. 漢語句子成分構成之五：狀語和狀語中心語

本節論及狀語和狀語中心語這一對成分，先總述二者的身份識別，再分說狀語的類型與構成以及狀語中心語的構成。此外還要專門討論作為狀語標誌的結構助詞「地」的語法作用以及狀語自身的語法結構。

一、狀語和狀語中心語的識別

狀語和狀語中心語是修飾與被修飾或者限制與被限制的關係，狀語是用來修飾或限制狀語中心語的。在狀中結構中起修飾或限製作用的詞語為狀語，被狀語修飾或限制的詞語為狀語中心語。狀語和狀語中心語是共存共現的一對成

分，也就是說，有狀語中心語則必有狀語，如果沒有狀語，也就找不到狀語中心語。

二、狀語的類型

狀語的類型可依據狀語的修飾或限製作用來劃分，通常區分為表修飾的狀語和表限制的狀語兩種類型，修飾性狀語側重於對中心語的感性描寫，限制性狀語側重於對中心語的理性說明。現將兩類不同的狀語羅列如下，示例中下加單橫線的成分為狀語：

1、修飾性狀語

修飾性狀語是指描寫中心語的性質、狀貌、情態等的狀語。

例如：老老實實地回答 ／ 慢慢地走 ／ 像姐妹一樣親熱

以上幾例，分別用狀語「老老實實」描寫中心語「回答」的性質，用狀語「慢慢」描寫中心語「走」的狀貌，用狀語「像姐妹一樣」描寫中心語「親熱」的情態。

2、限制性狀語

限制性狀語是指說明中心語的時間、地域、語氣特徵等的狀語。

例如：明天到達 ／ 從鄉下來 ／ 還會回來 ／ 實在想不通

以上幾例，分別用狀語「明天」說明中心語「到達」的時間，用狀語「從鄉下」說明中心語「來」的地域，用狀語「還會」、「實在」來分別說明中心語「回來」、「想不通」的語氣特徵。

三、狀語的構成

狀語的構成是指狀語可能由哪些單詞或短語充任，也就是說，狀語可以由哪些單詞或短語構造而成。

1、單詞作狀語

從單詞的角度來看，只有成分詞才可以充任狀語，成分詞共有九類。其中副詞是主要用來作狀語的詞，動詞、形容詞、代詞、數詞、擬聲詞都可以作狀語，名詞在古漢語中常作狀語，在現代漢語中個別的也可以作狀語，只有區別詞和趨向詞一般不適合作狀語。下面簡單各舉一例（下加單橫線的單詞為狀語）：

副詞作狀語：會議<u>已經</u>開始了。

動詞作狀語：她<u>抽泣</u>地述說著。

形容詞作狀語：我<u>清楚</u>地記得這件事。

代詞作狀語：她就<u>這樣</u>走了。

數詞作狀語：<u>三</u>論社會公平的本質。

擬聲詞作狀語：列車<u>轟隆隆</u>地駛過。

名詞作狀語：我們要<u>歷史</u>地看待這個問題。

2、短語作狀語

從短語的角度來看，理論上講，所有的短語都可以充當句子成分，然而能夠作狀語的短語僅只略微超過半數，在常見的 23 種結構方式的短語中，有 14 種短語可以做狀語，它們是：聯合短語、定中短語、狀中短語、中補短語、動賓短語、主謂短語、數量短語、指量短語、疑量短語、形量短語、方量短語、方位短語、介賓短語、比況短語，其餘的 9 種短語不適合充任狀語。下面簡單各舉一例（下加單橫線的短語為狀語）

聯合短語作狀語：他<u>又說又唱</u>地給大家調節氣氛。

定中短語作狀語：他是你<u>剛離開家的時候</u>到的。

狀中短語作狀語：他們<u>極其仔細</u>地搜查著。

中補短語作狀語：人們<u>禁不住</u>地驚叫起來。

動賓短語作狀語：他<u>滿懷信心</u>地講著。

主謂短語作狀語：他<u>激情滿懷</u>地講著。

數量短語作狀語：他<u>一遍遍</u>地重複著這個動作。

指量短語作狀語：你<u>這回</u>就算了吧。

疑量短語作狀語：我<u>哪次</u>沒參加？

形量短語作狀語：他們<u>大口</u>地吃著。

方量短語作狀語：你<u>下次</u>再來吧。

方位短語作狀語：公司<u>原則上</u>同意你的建議。

介賓短語作狀語：我們將<u>在野外</u>露宿。

比況短語作狀語：他<u>孩子似</u>地叫了起來。

四、狀語中心語的構成

狀語中心語的構成是指狀語中心語可能由哪些單詞或短語充任，也就是說，狀語中心語可以由哪些單詞或短語構造而成。

1、單詞作狀語中心語

從單詞的角度來看，只有成分詞才可以充任狀語中心語，成分詞共有九類。其中區別詞通常只能作定語，趨向詞通常只能作補語，這兩類詞一般不能作狀語中心語；最有資格充任狀語中心語的是動詞和形容詞，個別名詞、代詞、數詞以及能願副詞偶而處在有所省略的語境時也可以作狀語中心語。下面簡單各舉一例（下加單橫線的單詞爲狀語中心語）：

名詞作狀語中心語：明天就<u>中秋節</u>了。

動詞作狀語中心語：我們繼續<u>交談</u>。

形容詞作狀語中心語：這座建築特別<u>雄偉</u>。

代詞作狀語中心語：你們別<u>這樣</u>。

數詞作狀語中心語：各人的說法不<u>一</u>。

擬聲詞作狀語中心語：天上還在<u>轟隆</u>。

能願副詞作狀語中心語：這樣做很不<u>應該</u>。

2、短語作狀語中心語

從短語的角度來看，理論上講，所有的短語都可以充當句子成分，而且事實上，常見的 23 種結構方式的短語除了介賓短語之外，也確實都能作狀語中心語，只是有些需要在有所省略的語境中才能實現罷了。下面爲除了介賓短語以外的 22 種短語簡單各舉一例（下加單橫線的短語爲狀語中心語）：

聯合短語作狀語中心語：說話又不<u>乾脆利落</u>。

復指短語作狀語中心語：家裏就<u>他一個人</u>。

定中短語作狀語中心語：明晚就<u>除夕之夜</u>了。

狀中短語作狀語中心語：同學們都<u>在操場上集合</u>。

中補短語作狀語中心語：他再也<u>跑不快</u>了。

動賓短語作狀語中心語：今天不<u>發工資</u>。

主謂短語作狀語中心語：這件事不能<u>你說了算</u>。

連動短語作狀語中心語：我要<u>上床睡覺</u>了。

兼語短語作狀語中心語：你別<u>讓他去</u>了。

系位短語作狀語中心語：這套房子也就<u>一百萬</u>吧。

數量短語作狀語中心語：他家中就<u>三口</u>。

指量短語作狀語中心語：我這裏就<u>這種</u>啦。

疑量短語作狀語中心語：他不<u>幾天</u>就走了。

形量短語作狀語中心語：月餅數量又少又不<u>大塊</u>。

方量短語作狀語中心語：還<u>下次</u>呢，這次都不行了。

方位短語作狀語中心語：鍋裏都沒有了，還<u>碗裏</u>呢。

動介短語作狀語中心語：這些河都<u>發源於</u>青藏高原。

比況短語作狀語中心語：其透明度也就<u>玻璃一般</u>。

的字短語作狀語中心語：我也<u>剛來的</u>。

所字短語作狀語中心語：我偶然<u>所見</u>，甚感新奇。

複句短語作狀語中心語：他們倆依然<u>你不理我，我不理你</u>。

緊縮短語作狀語中心語：你總不能<u>想怎樣就怎樣</u>吧。

五、結構助詞「地」在狀中結構中的作用

在現代漢語的狀中結構中，結構助詞「地」是狀語與狀語中心語之間的結構標誌，在許多情況下，使用「地」才能顯示其具有狀中關係。例如：

① 認真的學習 ／ 認真地學習

「認真」與「學習」之間用「的」是定中關係，用「地」才是狀中關係。當然這僅限於書面上的區分，口語中「的」與「地」讀音一樣，是聽不出來的。

② 有威力的爆炸 ／ 有威力地爆炸

跟上面的例子道理相同，在書面上，「有威力」究竟是定語還是狀語，可以由該短語的上下文語境決定，也可以由結構助詞「的」或「地」來決定；而在口語中則只能由該短語的上下文語境來決定。

但是，這並不意味著狀語之後就一定要用「地」，或者一定不用「地」。在某些狀中結構的狀語與中心語之間必須用「地」，在某些狀中結構的狀語與中心

語之間又一定不能用「地」，而在某些狀中結構的狀語與中心語之間可以用「地」，也可以不用「地」，但用不用「地」在語意表達上存在細微的區別。這主要體現在如下三種情形：

其一，由單音節詞充當的狀語一般不用「地」。例如「快跑」、「緊跟著」就不能說成「快地跑」、「緊地跟著」，但若將其重疊成雙音節詞，就可以加「地」了，可以說成「快快地跑」、「緊緊地跟著」。

其二，由雙音節詞或者三音節詞充當的狀語，它與中心語之間可以用「地」，也可以不用「地」，如果用「地」往往有強調狀語的作用。例如：

　① 慢慢起來 / 慢慢地起來

「慢慢」與「起來」之間用不用「地」都是狀中關係，不用「地」沒有強調作用，用了「地」就有了強調狀語的作用，強調「起來」這個動作是慢慢發生的。

　② 惡狠狠罵道 / 惡狠狠地罵道

「惡狠狠」與「罵道」之間用不用「地」都是狀中關係，不用「地」沒有強調作用，用了「地」就有了強調狀語的作用，強調「罵道」這個行為的表情與心態。

其三，由更多音節的詞語充當的狀語通常都要用「地」，不用「地」反而不是常態。例如「擠眉弄眼地說笑」、「老大不高興地說」就不能省去狀語與中心語之間的結構助詞「地」。

六、分加的狀語與合加的狀語

在現代漢語的狀中結構中，如果狀語中心語前邊有多個修飾限制性詞語，那麼，這多個詞語可能是分別修飾或限制中心語的，也可能是整體修飾或限制中心語的，前者可稱為「分加的狀語」，後者可稱為「合加的狀語」，二者的語法結構是不相同的。

1、分加的狀語

分加的狀語是指由多個狀語分別修飾或限制多個不同的中心語。例如：

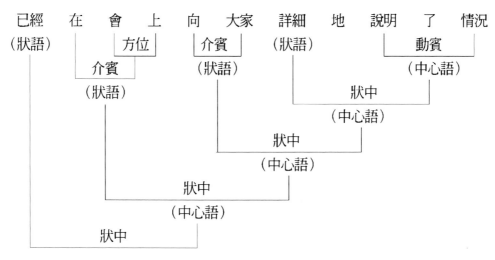

圖 32-1

這是一個含有分加狀語的狀中短語，其中的四個狀語「已經」、「在會上」、「向大家」、「詳細」是分四個層次分別修飾或限制四個不同的中心語的，具體來說就是：狀語「詳細」是修飾中心語「說明了情況」的狀貌的，狀語「向大家」是限制中心語「詳細地說明了情況」的對象的，狀語「在會上」是限制中心語「向大家詳細地說明了情況」的處所的，狀語「已經」是限制中心語「在會上向大家詳細地說明了情況」的時間的。又例如：

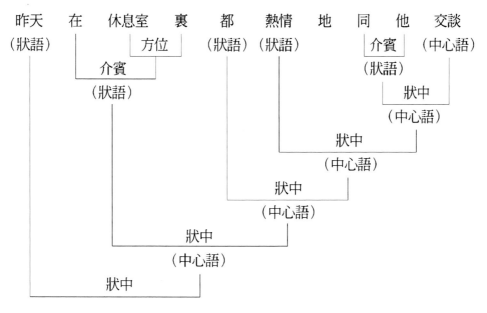

圖 32-2

這也是一個含有分加狀語的狀中短語，其中的五個狀語「昨天」、「在休息室裏」、「都」、「熱情」、「同他」是分五個層次分別修飾或限制五個不同的中心語的，

具體來說就是：狀語「同他」是限制中心語「交談」的對象的，狀語「熱情」是修飾中心語「同他交談」的情態的，狀語「都」是限制中心語「熱情地同他交談」的範圍的，狀語「在休息室裏」是限制中心語「都熱情地同他交談」的處所的，狀語「昨天」是限制中心語「在休息室裏都熱情地同他交談」的時間的。

2、合加的狀語

合加的狀語是指由一個短語形式的狀語整體修飾或限制一個中心語。例如：

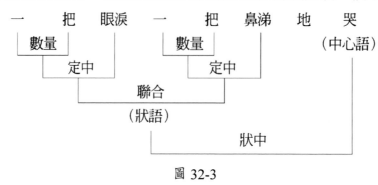

圖 32-3

這是一個含有合加狀語的狀中短語，中心語「哭」之前貌似含有兩個狀語「一把眼淚」和「一把鼻涕」，其實它們整體構成一個聯合短語「一把眼淚一把鼻涕」，由這個聯合短語整體充當「哭」的狀語；並不是先由「一把鼻涕」來修飾「哭」，構成狀中短語「一把鼻涕地哭」，再由「一把眼淚」來修飾「一把鼻涕地哭」。又例如：

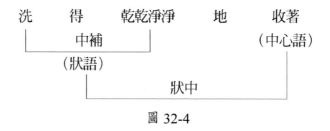

圖 32-4

這也是一個含有合加狀語的狀中短語，中心語「收著」之前貌似含有「洗」和「乾乾淨淨」兩個狀語，其實它們整體構成一個中補短語「洗得乾乾淨淨」，再由這個中補短語整體充當「收著」的狀語。

33. 漢語句子成分構成之六：補語和補語中心語

本節論及補語和補語中心語這一對成分，先總述二者的身份識別，再分說補語的類型與構成以及補語中心語的構成。

一、補語和補語中心語的識別

補語和補語中心語是補釋與被補釋的關係，補語是用來補充闡釋補語中心語的。在中補結構中，起補充闡釋作用的詞語為補語，被補語補充闡釋的詞語為補語中心語。補語和補語中心語是共存共現的一對成分，也就是說，有補語中心語則必有補語，如果沒有補語，也就找不到補語中心語。

二、補語的類型

補語的類型可依據補語所補釋的內容範疇來劃分，通常區分為結果補語、程度補語、狀態補語、趨向補語、數量補語、可能補語等，這樣的劃分只是語義劃分，在語法層面並沒有太大的意義。現將各類不同的補語羅列如下，示例中下加單橫線的成分為補語：

1、結果補語

補充闡釋謂詞性詞語所導致的結果的補語，常由形容詞、動詞充當。

例如：字寫錯了。 ╱ 他嚇跑了。

這兩個例子，前一個由形容詞「錯」充當補語，補充闡釋動詞中心語「寫」所導致的結果；後一個由動詞「跑」充當補語，補充闡釋動詞中心語「嚇」所導致的結果。

2、程度補語

補充闡釋謂詞性詞語所呈現的程度的補語，常由表程度的詞或短語充當。

例如：他病得厲害。 ╱ 心裏高興得不得了。

這兩個例子，前一個由表程度的形容詞「厲害」充當補語，補充闡釋動詞中心語「病」所呈現的程度；後一個由表程度意義的短語「不得了」充當補語，補充闡釋動詞中心語「高興」所呈現的程度。

3、狀態補語

補充闡釋謂詞性詞語所呈現的狀態的補語，常由敘述描摹性的詞語充當。

例如：他講得眉飛色舞。 ╱ 激動得眼淚都流出來了。

這兩個例子，前一個由描摹性的成語「眉飛色舞」充當補語，補充闡釋動詞中心語「講」所呈現的狀態；後一個由敘述性的主謂短語「眼淚都流出來」充當補語，補充闡釋表心理活動的中心語「激動」所呈現的狀態。

4、趨向補語

補充闡釋謂詞性詞語所導致的趨勢或方向的補語，常由趨向詞充當。

例如：傳<u>來</u>腳步聲。 ／他走了<u>過來</u>。

這兩個例子，前一個由單音節的趨向詞「來」充當補語，補充闡釋動詞中心語「傳」所發生的趨勢；後一個由雙音節的趨向詞「過來」充當補語，補充闡釋動詞中心語「走」所呈現的方向。

5、數量補語

補充闡釋謂詞性詞語所發生的數量的補語，常由數量短語或疑量短語充當。

例如：讀了<u>一遍</u>。 ／看了她<u>幾眼</u>。

這兩個例子，前一個由數量短語「一遍」充當補語，補充闡釋動詞中心語「讀」所發生的次數；後一個由疑量短語「幾眼」充當補語，補充闡釋動詞中心語「看」所發生的次數。

6、可能補語

補充闡釋謂詞性詞語所發生的可能性或合理性的補語，常由能願副詞或相關的短語充當。

例如：這件事大意<u>不得</u>。你說幹<u>得</u>幹<u>不得</u>。

這兩個例子，分別由能願副詞「得」及其否定形式構成的相關短語「不得」充當補語，補充闡釋形容詞性中心語「大意」或動詞性中心語「幹」所發生的合理性及可能性。

在許多語法論著中還有兩類補語，那就是「時間補語」與「處所補語」，需要特別指出的是，我認為補語是具有謂詞性功能的句法成分，原則上它不應由體詞性的詞語來充當，故本書不列「時間補語」與「處所補語」兩種類型，因為表時間或處所的詞語都屬於體詞性的詞語。例如：

① 生於 1981 年。 ／一直等到晚上

傳統語法將這兩個例子中的「於 1981 年」、「到晚上」看作是由介賓短語充當的時間補語，其實，這類語法結構的語音停頓應該是在介詞之後，這兩個例子分別是由動介短語「生於」、「等到」帶賓語的動賓結構，其中「生於」、「等到」是動語，而「1981 年」、「晚上」是表時間的既非施事又非受事的「當事賓語」。

② 出生於成都。 / 放在桌子上

　　傳統語法將這兩個例子中的「於成都」、「在桌子上」看作是由介賓短語充當的處所補語，其實，這類語法結構的語音停頓也應該是在介詞之後，這兩個例子分別是由動介短語「出生於」、「放在」帶賓語的動賓結構，其中「出生於」、「放在」是動語，而「成都」、「桌子上」是表處所的既非施事又非受事的「當事賓語」。

　　總之，補語應該是回答怎麼樣、多少、能否等問題的，而不是回答什麼時候、什麼地方這一類問題的，故不將關涉時空概念的語言成分列入補語一類。

三、補語的構成

　　補語的構成是指補語可能由哪些單詞或短語充任，也就是說，補語可以由哪些單詞或短語構造而成。

1、單詞作補語

　　從單詞的角度來看，只有成分詞才可以充任補語。成分詞共有九類，其中的名詞、數詞、區別詞、代詞中的稱代詞等不具有謂詞屬性，不能作補語；其餘的六類詞，動詞、形容詞、代詞中的指代詞和疑代詞、副詞中的能願副詞、趨向詞、擬聲詞則可以作補語。下面簡單各舉一例（下加單橫線的單詞為補語）：

　　　動詞作補語：他們不會累死吧？

　　　形容詞作補語：孩子長高了。

　　　指代詞作補語：你怎麼氣得這樣呢？

　　　疑代詞作補語：老師講得怎樣？

　　　能願副詞作補語：這件事幹得。

　　　趨向詞作補語：他跑了出去。

　　　擬聲詞作補語：他們笑得哈哈的。

2、短語作補語

　　從短語的角度來看，理論上講，所有的短語都可以充當句子成分，然而能夠作補語的短語應該具有謂詞屬性，故一些體詞性的短語則不能充當補語，在常見的23種結構方式的短語中，有11種短語是可以做補語的，它們是：謂詞性的聯合短語、狀中短語、中補短語、動賓短語、主謂短語、連動短語、兼語

短語、數量短語、比況短語、複句短語、緊縮短語。下面簡單各舉一例（下加
單橫線的短語為補語）

聯合短語作補語：孩子嚇得<u>又哭又鬧</u>。

狀中短語作補語：狗也驚得<u>一個勁地叫</u>。

中補短語作補語：他高興得<u>跳了起來</u>。

動賓短語作補語：姑娘激動得<u>漲紅了臉</u>。

主謂短語作補語：她驚恐得<u>兩眼發直</u>。

連動短語作補語：他興奮得<u>推開門跑了出去</u>。

兼語短語作補語：王老師嚴肅得<u>令人吃驚</u>。

數量短語作補語：小李一連喊了<u>三次</u>。

比況短語作補語：學生們樂得<u>什麼似的</u>。

複句短語作補語：大家擠得<u>進也進不來，出也出不去</u>。

緊縮短語作補語：老劉氣得<u>你怎麼勸都沒用</u>。

四、補語中心語的構成

補語中心語的構成是指補語中心語可能由哪些單詞或短語充任，也就是
說，補語中心語可以由哪些單詞或短語構造而成。

1、單詞作補語中心語

從單詞的角度來看，只有成分詞才可以充任補語中心語，成分詞共有九類。
其中區別詞通常只能作定語，副詞通常只能作狀語，趨向詞通常只能作補語，
這三類詞都不能作補語中心語；另外補語中心語需要具有謂詞的屬性，名詞、
數詞屬於體詞，也就不能作補語中心語了。於是，可以作補語中心語的就只剩
下動詞、形容詞、代詞中的疑代詞、擬聲詞這四類詞了。下面簡單各舉一例（下
加單橫線的單詞為補語中心語）：

動詞作補語中心語：這把紫砂壺<u>製作</u>精良。

形容詞作補語中心語：超市的商品<u>豐富</u>極了。

疑代詞作補語中心語：我也把他<u>怎麼</u>不了。

擬聲詞作補語中心語：門又<u>咣當</u>了一陣。

2、短語作補語中心語

從短語的角度來看，理論上講，所有的短語都可以充當句子成分，然而事實上，能作補語中心語的短語卻很少，在 23 種不同結構的短語中，大概只有謂詞性的聯合短語、動賓短語、連動短語、狀中短語、中補短語這五種可以充當補語中心語，下面簡單各舉一例（下加單橫線的短語爲補語中心語）：

聯合短語作補語中心語：你們<u>分析研究</u>得怎麽樣啦？

狀中短語作補語中心語：你<u>往前走</u>不得。

中補短語作補語中心語：他總算<u>講清楚</u>了一回。

動賓短語作補語中心語：她從書包裏<u>拿一本書</u>出來。

連動短語作補語中心語：老王<u>上銀行去</u>了一趟。

34. 漢語句子成分構成之七：兼語、關聯語

此前所論及的五對成分都是共存共現、相輔相成的，主語和謂語互爲依託，動語和賓語互爲依託，定語和定語中心語互爲依託，狀語和狀語中心語互爲依託，補語和補語中心語互爲依託。

這裏要論及的兼語和關聯語則是另外的情形：兼語的依託對象是雙向的，它既依託於前邊的動語，又依託於後邊的謂語，身兼二任，故名兼語；關聯語則正好相反，它在自身內部尋找依託，也就是說，跟關聯語相呼應的還是或隱或現的關聯語。

兼語主要出現在單句當中，當然也可以出現在複句的複合成分——分句當中，還可以出現在緊縮句的構成成分——緊縮短語的深層結構中。關聯語主要出現在複句或緊縮句當中，有時也可能出現在單句當中。本書此前在第 28 節「句子成分概觀」的圖 28-1 中只是提到「句內關聯成分」，那便是這裏所說的「關聯語」。

一、兼語的識別

兼語成分通常要出現在兼語結構當中，因此可利用兼語結構來識別。所謂兼語結構實際上是一個兼語短語，兼語短語在表示先後發生的動作行爲之間存在著一個兼語成分，兼語成分在兼語結構中受前一個動語（可稱爲「動 1」）所

支配，並為後一個謂述性成分（可稱為「動2」）所陳述，兼作「動1」的賓語和「動2」的主語。那麼，兼語結構的語法關係則為：

圖 34-1

二、兼語的類型

兼語的類型可依據兼語在構成上的特點來劃分，兼語在構成上可能有如下三種情形：一是「動 1」為表使令意義的動詞的，稱之為「受使令意義支配的兼語」；二是「動 1」或者「動 2」為表確認意義的動詞的，稱之為「受確認意義關涉的兼語」；三是「動 1」為表存在意義的動詞「有」或者「沒有」的，稱之為「受存在意義關涉的兼語」。現將這三類不同的兼語簡單詮釋如下，示例中下加單橫線的成分為兼語：

1、受使令意義支配的兼語

這種兼語是指「動 1」為表使令意義的動詞的兼語。例如：

引<u>人</u>發笑 / 令<u>大家</u>高興 / 派<u>下屬</u>追查 / 使<u>人類的認識</u>提高了一步 / 打發<u>孩子</u>回去 / 讓<u>病人</u>好好休息 / 命令<u>戰士</u>轉移 / 請<u>老師</u>給我講解 / 通知<u>各位</u>到會 / 鼓舞著<u>我們</u>前進 / 選<u>小魏</u>當班長 / 提拔<u>她</u>當經理

這些例子中，作為「動 1」的動詞「引、令、派、使、打發、讓、命令、請、通知、鼓舞、選、提拔」等，都是表使令意義的動詞。

2、受確認意義關涉的兼語

這種兼語是指「動 1」或者「動 2」為表確認意義的動詞的兼語。例如：

稱<u>他</u>為球迷 / 叫<u>她</u>祥林嫂 / 起了<u>個名字</u>叫靈芝 / 嫁<u>個丈夫</u>叫萬喜良

這四個例子中，前兩例「動 1」為表確認意義的動詞，後兩例「動 2」為表確認意義的動詞。

3、受存在意義關涉的兼語

這種兼語是指「動 1」為表存在意義的動詞「有」或者「沒有」的兼語。例如：

有<u>個村子</u>叫趙莊 / 有<u>個小孩</u>今年五歲 / 沒有<u>人</u>說話 / 沒有<u>多少土地</u>可以利用

這四個例子中，前兩例「動1」為表存在意義的動詞「有」，後兩例「動1」為表否定存在意義的動詞「沒有」。

三、兼語的構成

兼語的構成是指兼語可以由哪些單詞或短語充任，也就是說，兼語可能是由哪些單詞或短語構成的。

1、單詞作兼語

從單詞的角度來看，只有成分詞才可以充任兼語，成分詞共有九類。其中區別詞通常只能作定語，副詞通常只能作狀語，趨向詞通常只能作補語，這三類詞一般不能作兼語；剩下的六類詞都可以作兼語。下面簡單各舉一例（下加單橫線的單詞為兼語）：

名詞作兼語：這裏沒有<u>汽車</u>停在路邊。

動詞作兼語：他們有辦法使<u>運動</u>停下來。

形容詞作兼語：讓<u>自由</u>充滿人間。

代詞作兼語：小劉勸<u>大家</u>不要激動。

數詞作兼語：讓<u>五</u>成為這幾個數的公約數。

擬聲詞作兼語：你們別讓<u>丁丁當當</u>一天到晚地響著。

2、短語作兼語

從短語的角度來看，理論上講，所有的短語都可以充當句子成分，然而事實上，能作兼語的短語卻不很多，因為兼語傾向於體詞性成分，故狀中短語、中補短語、動賓短語、主謂短語、連動短語、兼語短語、介賓短語、動介短語、比況短語、所字短語、複句短語、緊縮短語這 12 種短語就不大適合作兼語成分了，於是在 23 種不同結構的短語中，大概只有體詞性的聯合短語、復指短語、定中短語、系位短語、數量短語、指量短語、疑量短語、形量短語、方量短語、方位短語、的字短語這 11 種短語可以充當兼語成分，下面簡單各舉一例（下加單橫線的短語為兼語）：

聯合短語作兼語：要讓<u>城市與鄉村</u>都充滿生機。

　　復指短語作兼語：他總是稱<u>他自己</u>爲鄙人。

　　定中短語作兼語：這件事令<u>在場的人</u>都很尷尬。

　　系位短語作兼語：古書中描寫月半可稱<u>十五</u>爲三五。

　　數量短語作兼語：古代少女可稱<u>十六歲</u>爲年方二八。

　　指量短語作兼語：就選<u>這位</u>當組長吧。

　　疑量短語作兼語：有<u>哪位</u>還有意見。

　　形量短語作兼語：還有<u>大件</u>沒有搬走。

　　方量短語作兼語：這致使<u>下次</u>也難見成效。

　　方位短語作兼語：使<u>家裏</u>不再爲他操心。

　　的字短語作兼語：通知<u>裝修的</u>早點到場。

四、關聯語概觀

　　關聯語是在句子結構中起關聯作用的句法成分，複句內部的關聯成分（即傳統所謂的「關聯詞語」），就是我們所說的「關聯語」，它是體現複句句法結構關係的顯性標誌。複句中的複合成分（即傳統所謂的「分句」）相當於單句中充當句子成分的「成分詞」，複句中的關聯成分（關聯語）相當於單句中表示語法關係的「關係詞」，一個複句可以有關聯語，也可以沒有關聯語。有關聯語的複句稱爲「關聯複句」，其句法結構關係更爲明顯；沒有關聯語的複句稱爲「意合複句」，其句法結構關係若隱若現。所以說關聯語是體現複句句法結構關係的顯性標誌。

　　關聯語又不僅僅用於複句當中，也可以出現在緊縮句當中，當它出現在緊縮句中時，其作用跟出現在複句中是一樣的，也是緊縮句句法關係的顯性標誌。凡屬沒有分句界限的複句句法關係，都屬於緊縮短語的結構關係，當其含有關聯語的時候更容易識別。

　　關聯語也可以出現在單句之中，這時要警惕不要將其誤認爲是複句。例如：

　　① 因爲有幾位朋友在談話中認爲，古人讀書似乎都沒有什麼政治目的，都是爲讀書而讀書，都是讀死書的。

　　這個例子是一個單句，其中動詞「認爲」以後的內容是由一個「複句形式短語」的結構形式構成的，它是這個單句的賓語。而句子開頭的關聯語「因爲」

是跟上一句話或者下一句話相關聯的句群內部的關聯成分，也可以看作是這個單句中存在的關聯語。

② 片面地強調讀書，而不關心政治，或者片面地強調政治，而不努力讀書，都是極端錯誤的。

這個例子也是一個單句，其中「都是」以前的內容是由一個「複句形式短語」的結構形式構成的，它是這個單句的主語。其中的關聯語「或者」只是一個具有選擇關係的「複句形式短語」內部的關聯語，當然也可以看作是這個單句中存在的關聯語。

③ 每一個字，每一句話，以致每一個標點都擺在紙上的時候，我們的思想到底是清楚還是不清楚，是深刻還是膚淺，是嚴整還是雜亂，就都明白顯示出來了。

這個例子也是一個單句，其中的「我們的思想到底是清楚還是不清楚，是深刻還是膚淺，是嚴整還是雜亂」是由一個「複句形式短語」的結構形式構成的，它是這個單句的主語，它的前邊的內容「……的時候」是這個單句的句首修飾語。其中的關聯語「是……還是」只是一個具有選擇關係的「複句形式短語」內部的關聯語，當然也可以看作是這個單句中存在的關聯語。

④ 在這些日子裏，我們一天比一天更加認識到，只有這種知識，這種意志，才是世界上最可寶貴的財產。

這個例子同樣也是一個單句，動語「認識到」後面的內容是由一個「主謂短語」的結構形式構成的，它是這個單句的賓語，而其中的關聯語「只有……才……」並不是表示條件關係，而是起到強調「這種知識，這種意志」這個主謂短語的主語的作用，因此也可以看作是這個單句內部的關聯語。

關聯語可以由連詞（例如：雖然、因爲、如果、或者……）或者副詞（例如：才、都、就、也……）充當，也可以由個別的動詞（例如：是、接著、別說……）、代詞（例如：那麼、哪裏……）、表序數的詞語（例如：第一、第二、首先、其次……）以及一些常用的短語（例如：一方面、另一方面、一會兒……）充當。詳見本書第 38 節「複句」中例示的相關內容，此不贅述。

35. 漢語句子成分構成之八：修飾語、附插語、獨立語

　　單句的成分有基本成分和游離成分兩大類。我們在前幾節分別討論了主語、謂語、動語、賓語、中心語、兼語這六種構成單句的主幹成分以及定語、狀語、補語這三種構成單句的輔助成分，這就是漢語單句的九種基本成分，另外我們還論及一種常用於複句和緊縮句、偶而也可用於單句的成分「關聯語」。本節來談游離成分，游離成分是游離於句子的基本構架之外的成分，游離成分共有三種：句首修飾語（可簡稱爲「修飾語」，傳統稱作「句首狀語」）、句內附插語（可簡稱爲「附插語」，傳統稱作「插入語」或「插說」）、句外獨立語（可簡稱爲「獨立語」，包括傳統的「稱呼語」和「應歎語」）。

一、修飾語（句首修飾成分）

　　修飾語通常出現在單句、複句、緊縮句這三類句型的句首，傳統語法稱之爲「句首狀語」。我們認爲「狀語」應該是和狀語中心語互爲依託的，它是單句內部的構成成分，狀語所修飾限制的是「狀語中心語」，而修飾語修飾限制的是整個句子，並且不限於單句，複句和緊縮句都可能有句首修飾成分，故不宜稱作「句首狀語」，而應稱作「修飾語」。

　　因爲修飾語通常位於句首並對全句起修飾限製作用，故又名「句首修飾語」，其實也可以叫做「限制語」，或者叫做「修飾限制語」，我們這裏遵從習慣，簡稱爲「修飾語」。如果說修飾語也有依託對象的話，那麼，跟它共存共現、相輔相成的不是某一種句子成分，而是整個句子，先把它說出來，讓它對後面的整個句子起修飾限製作用。

1、修飾語的識別

　　修飾語，又名句首修飾語，可見它一定是用在句子開頭，然而位於句首的也可能是主語、定語、狀語等基本成分，還可能是獨立語、附插語等游離成分，那麼如何識別呢？

（1）修飾語跟主語的不同

　　主語是被陳述的對象，它與後邊的成分構成陳述與被陳述的主謂關係，修飾語不具備這種性質與關係。例如：「黎明時分不知不覺地就到了。」這句話中的「黎明時分」就是主語，這是一個沒有句首修飾語的主謂句。

（２）修飾語跟定語、狀語的不同

定語、狀語儘管也是修飾限制性成分，但它們與後邊的成分構成定中關係或狀中關係，修飾語的後邊是整個句子，沒有與之呼應的定語中心語或者狀語中心語。例如：「讀書的時候要專心。」這句話中的「讀書的時候」就是狀語，這是一個狀中關係的非主謂句。

（３）修飾語跟獨立語、附插語的不同

獨立語、附插語不跟其他語法成分構成任何語法關係，修飾語要跟整個句子構成修飾限制關係。例如：「天哪，我還不知道呢！」這句話中的「天哪」就是獨立語，它跟後面的內容不發生語法語意關係。

（４）修飾語在語言結構上的特點

修飾語一定是位於句首，其後可能有語音停頓也可能沒有，但它後面往往出現的是句子的主語，這是它在結構上的一個顯著特點。也就是說，修飾語通常用於主語之前又不是修飾主語的定語。例如（下加單橫線的為修飾語）：

① <u>忽然</u>他想起了一件事。（修飾單句）

這個例子中的修飾語「忽然」，修飾限制的是「他想起了一件事」這個單句，而不是修飾限制主語「他」。這一句如果將「忽然」移至主語「他」的後邊，說成「他忽然想起了一件事。」那麼「忽然」就是狀語了，因為它沒有位於句首，不能修飾全句，就不是句首修飾語。

② <u>節假日</u>，他們不是逛公園，就是看電影。（修飾複句）

這個例子中的修飾語「節假日」，修飾限制的是「他們不是逛公園，就是看電影」這個複句，而不是修飾限制主語「他們」。

③ <u>睡覺之前</u>，他想幹啥就幹啥。（修飾緊縮句）

這個例子中的修飾語「睡覺之前」，修飾限制的是「他想幹啥就幹啥」這個緊縮句，而不是修飾限制主語「他」。

在以上三例中，例①的修飾語後面沒有語音停頓，例②和例③都有用逗號表示的語音停頓。這三個修飾語都不是修飾後面的主語「他」或者「他們」的定語，也不是單純修飾主語之後的謂詞性成分的狀語，所以它們是修飾語。但是如果將它們移至主語「他」或者「他們」之後，例如說成「他<u>忽然</u>想起了

一件事」、「他們<u>節假日</u>不是逛公園，就是看電影」、「他<u>睡覺之前</u>想幹啥就幹啥」，那麼就成了句子內部的狀語了。

2、修飾語的構成

修飾語的構成是指修飾語可能由哪些單詞或短語充任，也就是說，修飾語可以由哪些單詞或短語構造而成。

（1）單詞作句首修飾語

從單詞的角度來看，只有成分詞才可以充任修飾語，成分詞共有九類。由於修飾語需要修飾全句的特殊性質，動詞、形容詞、代詞、數詞、擬聲詞、區別詞、趨向詞等七類詞都不適合作修飾語，只有表示時空的名詞和一些表示情態或頻次的副詞可以勝任這一職能。下面簡單各舉一例（下加單橫線的單詞為句首修飾語）：

時間名詞作修飾語：<u>清晨</u>，同學們在操場上集合。

情態副詞作修飾語：<u>忽然</u>前面出現了一條河。

（2）短語作句首修飾語

從短語的角度來看，理論上講，所有的短語都可以充當句子成分，然而事實上，能作修飾語的短語卻很少，在 23 種不同結構的短語中，大概只有體詞性的聯合短語、定中短語、方位短語、介賓短語這 4 種短語可以充當句首修飾語成分，下面簡單各舉一例（下加單橫線的短語為句首修飾語）：

聯合短語作修飾語：<u>上午或下午</u>，大家都可以來找我。

定中短語作修飾語：<u>整個漆黑的夜晚</u>，我們都在大山裏周旋。

方位短語作修飾語：<u>大街上</u>，人們熙熙攘攘。

介賓短語作修飾語：<u>在山頂上</u>，有的遊客在用心拍照，有的遊客在舉目遠眺。

二、附插語（句內附插成分）

附插語通常出現在單句的句內，個別時候也可以出現在複句的分句句內或者緊縮句的句內，傳統語法稱之為「插入語」，我們覺得，所謂「插入」應該是插到兩個成分之間，也就是要位於句子的「中部」，而不應位於句首或者句末，然而附插語是可以位於句首、句中、句末的任何位置的，所以將其稱為「插入」

不夠準確；再加上漢語語法具有各級語法結構的一致性，比照構詞法中構成附加式合成詞的「附綴法」一類，短語構造法中有構成附加型短語的「附加法」，那麼，句子成分中也應該有類似於「附加」或者「附綴」的構成成分。考慮到這種成分有些位於句首或句末的是「附加」或者「附綴」，有些位於句中的是「插入」，因此就將「附」與「插」結合起來稱呼，那麼這種成分就可以叫「附插語」，所以我們將傳統稱作「插入語」的成分改稱爲「附插語」。

1、附插語的識別

附插語是依附穿插在單句、分句、緊縮句之內，爲了補足語意進而使表達更爲嚴密的句子成分。識別方法有二：一是它在語義內容上跟句子的中心語義關係不大，它的功用只是在於表示強調語氣和或者引起交流對象的注意，因此也可以說它是可有可無的成分，去掉它並不影響中心語義的表達；二是在結構形式上，它不跟其他句內成分發生結構關係，而且它的位子很靈活，可以位於單句或分句的句首、句中、句末，也可以位於緊縮句的句首或句末，因爲緊縮句由於緊縮作用不允許它位於句中。下面試舉幾例（下加單橫線的爲附插語）：

① <u>你看看</u>，這不是明擺著的事實嗎？（附插語位於單句句首）
② 這件事，<u>你想</u>，我能幹嗎？（附插語位於單句句中）
③ 我還想去呢，<u>說眞的</u>。（附插語位於單句句末）
④ <u>再說</u>，我自身都難保，哪裏還顧得上他？（附插語位於複句句首）
⑤ 這些東西，<u>你瞧</u>，都是陳年古董，說不定還値幾個錢呢。（附插語位於複句句中）
⑥ 你就別等他啦，誰知道他還去不去，<u>眞是的</u>。（附插語位於複句句末）
⑦ <u>看來</u>，這回你想去也去不成啦。（附插語位於緊縮句句首）
⑧ 她就是說出花來我也不會給她，<u>眞的</u>。（附插語位於緊縮句句末）

2、附插語的構成

附插語的構成是指附插語可能由哪些單詞或短語充任，也就是說，附插語可以由哪些單詞或短語構造而成。

（1）單詞作附插語

從單詞的角度來看，只有成分詞才可以充任附插語，成分詞共有九類，其中區別詞通常只能作定語，副詞通常只能作狀語，趨向詞通常只能作補語，這

三類詞一般不能作附插語，另外擬聲詞也不適合作附插語，因爲它沒有概括意義；剩下的名詞、動詞、形容詞、代詞、數詞這五類詞都可以充當附插語。下面簡單各舉一例（下加單橫線的單詞爲附插語）：

名詞作附插語：走進洞裏一看，<u>天哪</u>，意想不到地寬敞。

動詞作附插語：南宋的時候，<u>據說</u>，就有很多書是用活字印刷的。

形容詞作附插語：你說不願意，<u>好啊</u>，那你以後可別後悔。

代詞作附插語：要我說嘛，<u>這樣</u>，你今天就去試一試。

數詞作附插語：這東西有兩個顯著的優點：<u>第一</u>結實，<u>第二</u>輕巧。

（2）短語作附插語

從短語的角度來看，理論上講，所有的短語都可以充當句子成分，然而事實上，能作附插語的短語並不多，在 23 種不同結構的短語中，大概只有定中短語、狀中短語、中補短語、動賓短語、主謂短語、兼語短語、介賓短語、的字短語這八種短語可以充當附插語成分，下面簡單各舉一例（下加單橫線的短語爲附插語）：

定中短語作附插語：我的想法嘛，<u>一句話</u>，千萬別耽擱，越快越好。

狀中短語作附插語：決賽，<u>不用說</u>，還是冠軍。

中補短語作附插語：這天氣，<u>看起來</u>快要下雨啦。

動賓短語作附插語：這雨<u>看樣子</u>快停了。

主謂短語作附插語：這雙鞋，<u>你看</u>，質量挺好的。

兼語短語作附插語：<u>依我看</u>，幸福只是一種感覺，不能用金錢來衡量。

介賓短語作附插語：你的考試成績，<u>據可靠消息</u>，是全班第一。

的字短語作附插語：<u>眞的</u>，我不會騙你的。

三、獨立語（句外獨立成分）

獨立語獨立於句外，通常出現在句首，表示稱呼感歎或者用來模擬聲響，是句子的句外獨立成分。正因爲獨立語的功用是用來表示稱呼感歎或擬聲的，因此它內含稱呼語、感歎語、擬聲語三種情形。

1、獨立語的識別

獨立語是獨立於單句、複句、緊縮句之外，表示稱呼、感歎或擬聲，進而

引出話題的句子成分。識別方法有二：一是在語義內容上，它跟句子的中心語義關係不大，它的功用只是在於表示稱呼、感歎或擬聲，因此它也是可有可無的成分，去掉它並不影響中心語義的表達；二是在結構形式上，它不跟其他句內成分發生結構關係，它的獨立性很強。下面試舉幾例（下加單橫線的爲獨立語）：

① 王老師，你找過我嗎？（獨立於單句之外的稱呼語）

② 孩子們，你們可以聽故事，也可以做遊戲。（獨立於複句之外的稱呼語）

③ 老張啊，你累了就歇一會兒吧。（獨立於緊縮句之外的稱呼語）

④ 啊，這裏的空氣眞好！（獨立於單句之外的感歎語）

⑤ 好啊，我還沒答應呢，你們就動手啦。（獨立於複句之外的感歎語）

⑥ 唉，知人知面不知心哪！（獨立於緊縮句之外的感歎語）

⑦ 轟隆轟隆，雷聲一個勁地響個不停。（獨立於單句之外的擬聲語）

⑧ 劈裏啪啦，大家正說著呢，雨點子就落下來了。（獨立於複句之外的擬聲語）

⑨ 咣當咣當，這門想怎麼咣當就怎麼咣當。（獨立於緊縮句之外的擬聲語）

2、獨立語的構成

獨立語的構成是指獨立語可能由哪些單詞或短語充任，也就是說，獨立語可以由哪些單詞或短語構造而成。

（1）單詞作獨立語

從單詞的角度來看，稱呼語通常由名詞充當，感歎語通常由應歎詞或形容詞充當，擬聲語要由擬聲詞來充當，因此名詞、應歎詞、形容詞、擬聲詞這四類詞可以充任獨立語。下面簡單各舉一例（下加單橫線的單詞爲獨立語）：

名詞作獨立語：小劉，你過來一下。（稱呼語）

形容詞作獨立語：好啊，你們都在瞞著我呀！（感歎語）

應歎詞作獨立語：喂，你還在磨蹭什麼呢？（感歎語）

擬聲詞作獨立語：嘩啦嘩啦，我已經聽慣了河裏的水聲。（擬聲語）

（2）短語作獨立語

從短語的角度來看，理論上講，所有的短語都可以充當句子成分，然而事實上，能作獨立語的短語卻不多，在 23 種不同結構的短語中，大概只有復指短

語、定中短語、指量短語、的字短語以及以形容詞爲中心語的狀中短語這 5 種短語可以充當獨立語，前四種短語用於稱呼語，後一種短語用於感歎語。下面簡單各舉一例（下加單橫線的短語爲獨立語）：

復指短語作獨立語：<u>西嶽華山哪</u>，我終於登上了你的主峰。（稱呼語）

定中短語作獨立語：<u>可愛的故鄉啊</u>，我終於又回到了你的身旁。（稱呼語）

指量短語作獨立語：<u>各位</u>，你們怎麼看這件事？（稱呼語）

的字短語作獨立語：<u>親愛的</u>，你咋不早說呢？（稱呼語）

狀中短語作獨立語：<u>不錯</u>，這正是我想要達到的效果。（感歎語）

綜上所述，我們一共用了八節的篇幅論說了漢語句子成分的構成。統而言之，如果將一個句子比作一棵大樹的話，那麼基本成分和輔助成分就構成了這棵大樹的自身形態：主語、謂語、動語、賓語、兼語、中心語以及複句、緊縮句內部的複合成分，這些主幹成分就是這棵句子大樹的樹幹；而定語、狀語、補語以及關聯語這些輔助成分就是這棵句子大樹的茂盛的枝葉。至於本節所論及的修飾語、附插語、獨立語這三種游離成分併不屬於這棵大樹自身的形態：它們可能是生長在樹根周圍的野花或野草，比如「修飾語」；可能是寄生在樹上的眞菌或藤蔓，比如「附插語」；也可能是飛翔在樹周圍的小鳥或昆蟲，比如「獨立語」。如果我們要來描畫這棵大樹的話，可能會將這些野花或野草、小鳥或昆蟲、眞菌或藤蔓一併入畫，那麼，我們在分析句子成分的時候，也少不了對它的游離成分品頭論足。

36. 漢語句子結構分類之一：句子結構類型概觀

本書此前在第 28 節至第 35 節連續用了八節的篇幅論析了漢語句子的各種結構成分，從本節開始轉入論析句子的結構類型。漢語句子的結構類型可以根據不同的標準來進行分類，各類句子都可根據一定的標準再行分類，分出的大類通常叫作句型，分出的小類通常叫作句式。

當前國內語法學界對漢語句型句式的研究正在日益重視與深入，有許多不同的分類框架各陳己見，有許多論著從不同的角度論析了漢語的句子分類問題，仁者見仁，智者見智，尚未達成充分的共識。可見，如何確定更爲科學的分類標準，進行更爲嚴密的分類，對理清漢語句子的語法結構性質，無疑是非常重要的。

　　從這一節開始準備用四節的篇幅對作為漢語表達單位的句子的內部語法結構，從句型句式的角度加以觀察，試作分類的框架梳理，不過多地精細詮釋，意在討論漢語句型句式的概觀，並按多級標準對其進行分類思考，以求對其有更接近語言客觀規律的概括認識。本節先來瀏覽一下漢語句子「三三制」的表層結構分類概貌。

一、關於漢語句子結構分類的整體認知

　　漢語句子的結構類型在第一層級上可按句法成分的屬性、位置和隱現這三個標準進行分類，每個標準內部可以各分為三類，這就是漢語句子結構「三三制」的表層格局概貌，現簡要羅列如下：

1、按句法成分的屬性劃分，可以分為成分屬性不同的三種句型

（1）單句──由能獨立成句的成分詞或能獨立構成單句的短語單獨構成的句子

（2）複句──由能獨立構成複句的複句形式短語單獨構成的句子

（3）緊縮句──由能獨立構成緊縮句的緊縮形式短語單獨構成的句子

2、按句法成分的位置劃分，可以分為成分位置不同的三種句型

（1）常式句──互相關涉的成對的句法成分處於正常位置而沒有相互易位的句子

（2）變式句──互相關涉的成對的句法成分沒有處於正常位置而相互易位的句子

（3）強調句──成對的句法成分在發生易位之後其中一種成分已經轉換成其他成分的句子

3、按句法成分的隱現劃分，可以分為成分隱現不同的三種句型

（1）完全句──互相關涉的句法成分完備而無所省略的句子

（2）省略句──因受語境條件制約而省略了某種或某些句法成分的句子

（3）隱含句──句法成分雖不完備但卻隱含其中而並非有意省略某種或某些句法成分的句子

　　綜上所述，對句子結構的表層分類，依據構成句子的句法成分的自身特徵是較為科學的分類標準，而句法成分的自身特徵不外乎「成分屬性」、「成分位

置」、「成分隱現」三個劃分範疇，目前大多數語法論著也都是這樣來分類的，只不過大多採用的是「二分法」，按成分屬性分爲單句與複句，按成分位置分爲常式句與變式句，按成分隱現分爲完全句與省略句。本書只是在此基礎上提出了「緊縮句」、「強調句」和「隱含句」這三種應各自獨立成類的句型的一些粗淺看法，現簡要解釋如下：

二、關於「緊縮句」的歸屬問題

絕大多數語法論著都一直認爲漢語的句子在結構上有單句與複句之別，因此一般只分爲單句和複句兩類，許多論著將「緊縮句」歸入複句，稱爲「緊縮複句」，也有少數論著將「緊縮句」歸入單句。黃伯榮、廖序東主編的高等學校教材《現代漢語》雖然不稱爲「緊縮複句」，而稱爲「緊縮句」，但卻是放在「複句」一節之內的，可見也還是將其歸入複句的。

本書認爲，宜將「緊縮句」獨立成爲一類，因爲它既有內部不存在分句之間的語音停頓界限的單句結構特點，又有內部存在著分句之間的句法語義關係的複句語義特點，然而它卻與單句、複句都有本質的不同：

其一，單句如若不是獨詞句的話，內部必定只包含一套直接的句法成分，而緊縮句內部卻包含有兩套直接的句法成分。例如：「你不想去就別去了。」這是一個緊縮句，它的內部包含有「你不想去」（主謂結構）和「就別去了」（狀中結構）這樣兩套互相不能成爲一對成分的句法成分，因而全句具有複句內部的語法語義關係。

其二，複句內部的直接句法成分是分句，分句與分句之間必有語音停頓，而緊縮句內部沒有語音停頓，也就不便於說它是由分句構成的。例如：同樣是「你不想去就別去了。」這個緊縮句，它的內部沒有語音停頓，外在形式上呈現出一個單句的形態。

可見，緊縮句是介於單句與複句之間的一種中介狀態的句子，也可以說它是具有單句外在形式的複句或者是具有複句內在關係的單句。因此，它既不是複句，也不是單句，還是讓它獨立成爲一類，將句子一分爲三，讓單句、複句、緊縮句三足鼎立爲好。本人曾經在論述短語的功能分類時根據這個道理將「能夠獨立成句的短語」一分爲三，分別稱爲「能獨立構成單句的短語」、「能獨立構成複句的短語」（複句短語）和「能獨立構成緊縮句的短語」（緊縮短語），以

便依據它們各自的功能對句子的結構進行分類。（詳見本書第 27 節《漢語短語的多級功能分類》）

三、關於「強調句」的設立問題

許多語法著作通常只講「常式句」與「變式句」，即視句法成分的位置情況一分為二：位置正常的為「常式句」，語序顛倒的為「變式句」。然而，客觀事物並非絕對的一分為二，事物的兩極之間總存有中介狀態。例如「我吃完飯了」毫無疑問是常式句，而「我把飯吃完了」和「飯我吃完了」算不算變式句呢？若算，就得承認「賓語前置」的句法結構，然而現代漢語變式句的句法結構不設「賓語前置句」一類；若不算，它們確實是將動語「吃完」和賓語「飯」這原本成對的句法成分易位了。

像這樣的句法結構歸入「常式句」或歸入「變式句」都有悖於它們各自的定義，因為在這種句法結構中，原來成對的句法成分在易位之後，其中的一種成分已經轉換成其他成分了，在「飯我吃完了」中，原本是賓語的「飯」已經轉換為主謂謂語句的大主語了，在「我把飯吃完了」中，原本是賓語的「飯」已經靠介詞「把」的幫助轉換為由介賓短語充任的狀語了。所以它們已經不再是一般意義上的變式句了，因為所謂「變式句」的「變」只是句法成分的位置發生變化，句法成分的屬性並沒有發生變化，原來是什麼成分易位以後還是什麼成分。例如將常式句「孩子，醒醒吧。」改成變式句「醒醒吧，孩子。」儘管成分的位子發生了變化，但「孩子」是主語、「醒醒吧」是謂語的成分屬性沒有變，這才是真正的「變式句」。

而像「我吃完飯了」轉變為「飯我吃完了」或者「我把飯吃完了」這樣的句式，之所以要這樣轉變的目的，是為了強調被吃的對象「飯」，當「飯」提在動詞之前時，用介賓短語作狀語的形式強調它，當「飯」提在句首（原來常式句的主語之前）時，用大主語的形式強調它，應該把這一類句式稱為「強調句」，這樣也就解決了所謂「把字句」和「被字句」的語法性質問題。也就是說「把字句」和「被字句」本質上是一種強調句。

於是我們想到，還是一分為三才好：「常式句」是指通常情況下正常語序的句子，「變式句」是指為了描述的目的而將成對的句法成分交換位置的句子，包括主謂易位的「謂語前置句」、定中易位的「定語後置句」和狀中易位的「狀語

後置句」，而「強調句」則是指為了強調的目的而將某個句法成分借助易位的手段改變屬性的句子，包括「提賓作狀句」和「提賓作主句」。但我們一般不稱其為「提賓作狀句」，而稱其為「把字句」，不稱其為「提賓作主句」，而稱其為「主謂謂語句」，當然主謂謂語句不都是這裏所謂的「提賓作主句」，還有其他若干種情形，通常也在強調句之列。

四、關於「隱含句」的設立問題

許多語法論著通常只講「完全句」與「省略句」，即視句法成分的隱現情況而一分為二：成對的句法成分完整無缺的為「完全句」，句法成分有所缺省的為「省略句」。然而，客觀存在的語言事實也並非絕對如此，二者之間仍存有中介狀態，拿大量的非主謂句來說，是否都可以看作是省略了主語呢？可否把非主謂句都歸入省略句呢？顯然不是，當然不可。例如「下雨了。」「開飯了。」這一類句子，一定能說準它們的主語該是什麼嗎？未必能。是「天」在下雨，是「雲」在下雨，還是什麼地方在下雨？是「我們」開飯了，是「大家」開飯了，還是「食堂」開飯了？正因為如此，許多講語法的書都特別提出，應注意劃清「省略句」與「非主謂句」的界線。

可是，怎麼劃得清呢？因為「省略句」是以句法成分是否有所缺省的隱現標準分的類，而「非主謂句」是以句法成分之間是否存在主謂關係的語法成分關係屬性標準分的類，標準不同則不可混為一談。

因此，還是一分為三將「隱含句」獨立成為一類才好：「完全句」是指成對的句法成分完備而無所缺省的句子，「省略句」是指表達時因受某種語境條件制約而缺省了某種或某些句法成分的句子（包括「自述省」、「對話省」、「因上下文而省」），而「隱含句」則是指句法成分雖不完備，但貌似缺省的成分卻隱含其中而並非有意缺省某種或某些句法成分的句子，這包括傳統所謂的「無主句」以及一些「習慣性的名詞謂語句」，如「今天星期天」等。

以上談了對漢語句子結構進行表層分類的一些思考，其基本出發點是不忽略將事物二分過程中遺存的中介狀態，於是取一分為三的辦法將漢語句子作「三三制」的表層結構分類。漢語的句子在表層結構分類之後，依據其語法結構的性質特點，還可再進行深層的多級分類。上文所論及的「強調句」和「隱含句」這兩種處於中介狀態的句型因為沒有更複雜的深層分類，而且下文將在有關「主

謂句」與「非主謂句」的論析中有所涉及，本書就不再另立標目贅述了。至於一些語法著作中所論及的連動句、兼語句、雙賓句、存現句、「把」字句、「被」字句等「特殊句式」的語法特性，本書都十分認同，拙作既無新意可以表達也就從略不贅了。以下幾節將側重談一談主謂句與非主謂句、複句與緊縮句、常式句與變式句、完全句與省略句的內部深層分類問題。

37. 漢語句子結構分類之二：單句的結構類型

上一節論及漢語句子「三三制」的表層結構分類概貌，這一節將討論漢語單句的各種結構類型。

現代漢語能獨立構成單句的短語共有 18 種（參見本書第 27 節《漢語短語的多級功能分類》），它們所能構成的單句可大別爲主謂句與非主謂句兩類：由主謂短語獨立構成的單句稱作主謂句，由除了主謂短語以外的能獨立構成單句的 17 種短語以及單個的成分詞各自獨立構成的單句稱作非主謂句。下面先來論析主謂句，再來闡述非主謂句。

一、主謂句

漢語的主謂句是由主謂短語獨立構成的單句，根據其謂語的屬性可以大別爲體詞性謂語句、謂詞性謂語句、主謂謂語句三類形態。

1、體詞性謂語句

體詞性謂語句是單句中由體詞或體詞性短語充當謂語的主謂句。例如（下加單橫線的成分爲體詞性謂語）：

① 今天端午節。（名詞作謂語）

② 明天「六一」兒童節。（復指短語作謂語）

③ 這條船中國的。（的字短語作謂語）

④ 滿屋子灰洞洞的煙。（定中短語作謂語）

⑤ 老人家八十二了。（系位短語作謂語）

⑥ 你三斤，我兩斤。（數量短語作謂語）

⑦ 你們這筐，我們那筐。（指量短語作謂語）

⑧ 你們大堆，我們小堆。（形量短語作謂語）

⑨ 你們幾個<u>前排</u>，我們幾個<u>後排</u>。（方量短語作謂語）

⑩ 男同學<u>路左邊</u>，女同學<u>路右邊</u>。（方位短語作謂語）

需要特別指出的是，這些體詞性謂語句，往往都是出現在有所省略的語境中。而且，後五種短語作謂語的時候，往往還需要有兩個或多個分句來對應表達。

2、謂詞性謂語句

謂詞性謂語句是單句中由謂詞或謂詞性短語充當謂語的主謂句，又可區分為「一般性謂詞謂語句」和「特殊性謂詞謂語句」兩種情形。

「一般性謂詞謂語句」是指由動詞、形容詞、疑代詞、擬聲詞、副詞這五類成分詞以及謂詞性的聯合短語、狀中短語、中補短語、帶單賓語的動賓短語、比況短語這五類短語充當謂語的主謂句。例如（下加單橫線的成分為謂詞性謂語）：

① 我<u>考慮考慮</u>。（重疊形式的動詞作謂語）

② 天氣<u>晴朗</u>。（形容詞作謂語）

③ 他<u>怎麼</u>了？（疑代詞作謂語）

④ 雷聲<u>轟隆轟隆</u>。（擬聲詞作謂語）

⑤ 我<u>不</u>。 ／ 他<u>願意</u>。（副詞作謂語）

⑥ 孩子們<u>又說又笑</u>。（謂詞性聯合短語作謂語）

⑦ 雨<u>更大</u>了。（狀中短語作謂語）

⑧ 天氣<u>熱得像個蒸籠</u>。（中補短語作謂語）

⑨ 大家<u>發現了新的問題</u>。（動賓短語作謂語）

⑩ 他這個人<u>瘋子似的</u>。（比況短語作謂語）

「特殊性謂詞謂語句」是指由連動短語、兼語短語、帶雙賓語的動賓短語、表存現意義的動賓短語這四類短語充當謂語的主謂句，它們分別被稱作「連動句」、「兼語句」、「雙賓句」和「存現句」。例如（下加單橫線的成分為謂詞性謂語）：

① 你<u>買件衣服穿</u>吧。（「動1」為行為動詞構成的連動句，連動短語作謂語）

② 你<u>有權保持沉默</u>。（「動1」為「有」、「無」構成的連動句，連動短語作謂語）

③ 醫生<u>讓病人</u>按時用藥。(「動1」為使令動詞構成的兼語句，兼語短語作謂語)

④ 他<u>有個女兒</u>在讀大學。(「動1」為「有」、「無」構成的兼語句，兼語短語作謂語)

⑤ 他<u>告訴我一件事</u>。(由告詢類動詞支配的雙賓句，帶雙賓語的動賓短語作謂語)

⑥ 她<u>喂孩子奶</u>。(由給予類動詞支配的雙賓句，帶雙賓語的動賓短語作謂語)

⑦ 牆上<u>掛著一幅畫</u>。(由表存在的動詞構成的存現句，表存現意義的動賓短語作謂語)

⑧ 遠處<u>傳來一陣歌聲</u>。(由表隱現的動詞構成的存現句，表存現意義的動賓短語作謂語)

3、主謂謂語句

主謂謂語句是由主謂短語充當謂語的主謂句，例如：「這個人我認識。」這句話就是主謂謂語句，通常將全句的主語「這個人」稱作「大主語」，將充當句子謂語成分的主謂短語「我認識」稱作「大謂語」，而將這個主謂短語的主語「我」稱作「小主語」，將這個主謂短語的謂語「認識」稱作「小謂語」。現將這四個概念間的關係簡要圖示如下：

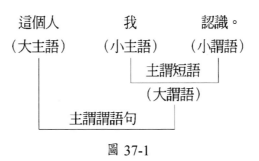

圖 37-1

有了這些稱謂，就可以依據大主語和小主語所表示的施事、受事關係將主謂謂語句區分為「大主語為受事主語、小主語為施事主語的」、「大主語為施事主語、小主語為受事主語的」和「大主語既非受事主語、也非施事主語的」三種情形。下面分別加以說明（下加雙橫線的成分為大主語，加單橫線的成分為小主語）。

（1）大主語爲受事主語、小主語爲施事主語的

例如：

① <u>這部電影</u>我看過。（「這部電影」爲受事主語，「我」爲施事主語）

② <u>書</u>人人會讀。（「書」爲受事主語，「人人」爲施事主語）

③ <u>這個人</u>你可小看不得。（「這個人」爲受事主語，「你」爲施事主語）

④ <u>蜜蜂是否來採山茶花和梅花的蜜</u>，<u>我</u>可記不眞切了。（「蜜蜂是否來採山茶花和梅花的蜜」爲受事主語，「我」爲施事主語）

這種屬於「強調句」的主謂謂語句，它的大主語是由意念上的賓語轉化而來的，所以它是受事主語；而小主語本應該是意念上的主語，所以它是施事主語。也就是說，這幾個例句在意念上本應該是「我看過這部電影」、「人人會讀書」、「你可小看不得這個人」、「我可記不眞切蜜蜂是否來採山茶花和梅花的蜜了」。那麼爲什麼要將意念上的賓語提到句首轉化爲大主語呢？爲了強調。可見這種情形的主謂謂語句的語法功能是爲了強調大主語（意念上的賓語），當表達需要強調受事賓語的時候，就可以採用這種句型，將受事賓語轉化爲表受事的大主語。

（2）大主語爲施事主語、小主語爲受事主語的

例如：

① <u>他</u>什麼歌都會唱。（「他」爲施事主語，「什麼歌」爲受事主語）

② <u>她</u>一滴眼淚也不掉。（「她」爲施事主語，「一滴眼淚」爲受事主語）

③ <u>這些人</u>什麼都懂。（「這些人」爲施事主語，「什麼」爲受事主語）

④ <u>我</u>哪樣也不想吃。（「我」爲施事主語，「哪樣」爲受事主語）

這種情形的主謂謂語句也屬於「強調句」，它的小主語是由意念上的賓語轉化而來的，所以它是受事主語；而大主語本來就是意念上的主語，所以它是施事主語。也就是說，這幾個例句在意念上本應該是「他都會唱（各種）歌」、「她也不掉一滴眼淚」、「這些人都懂什麼」、「我也不想吃哪樣」。那麼爲什麼要將意念上的賓語提到動詞之前轉化爲小主語呢？還是爲了強調。可見這種情形的主謂謂語句的語法功能是爲了強調原本是意念賓語的小主語。我們不妨將上述第（1）類主謂謂語句稱爲 A 種句型，將上述第（2）類主謂謂語句稱爲 B 種句型，那麼，當你表達需要強調受事賓語的時候，既可以採用 A 種句型，將受事賓語

轉化為表受事的大主語，也可以採用 B 種句型，將受事賓語轉化為表受事的小主語。需要特別指出的是，轉化為小主語的 B 種句型的強調意味沒有轉化為大主語的 A 種句型那麼強烈。

（3）大主語既非受事主語、也非施事主語的

這類主謂謂語句比較複雜，其中又可分為若干種小的情形：

其一，大主語和小主語有領屬關係的

例如：

① <u>他身材</u>很高大。（形容詞性質的謂語「很高大」不具有動詞屬性，所以主語既非受事主語、也非施事主語）

② <u>兩個人感情</u>非常好。（形容詞性質的謂語「非常好」不具有動詞屬性，所以主語既非受事主語、也非施事主語）

③ <u>御花園面積</u>不很大。（形容詞性質的謂語「不很大」不具有動詞屬性，所以主語既非受事主語、也非施事主語）

這種情形的主謂謂語句，小主語在意念上是屬於大主語的，也就是說，這幾個例句在意念上本應該是「他的身材很高大」、「兩個人的感情非常好」、「御花園的面積不很大」。但是由於沒有使用結構助詞「的」，也就缺少了定語的顯性標誌，也就不宜將「他身材」、「兩個人感情」、「御花園面積」看成是定中短語；從另一個角度來認識，「身材很高大」、「感情非常好」、「面積不很大」卻結合得十分緊密，因此宜將它們整體看作是主謂短語來對大主語加以陳述——「他怎麼樣」、「兩個人怎麼樣」、「御花園怎麼樣」，於是「他」、「兩個人」、「御花園」也就成了主謂謂語句的大主語。這種大主語和小主語有領屬關係的主謂謂語句的表達作用在於強調大主語，把原本在意念上屬於定語的成分提升為大主語加以強調，正是這種句型的要害所在，在本質上它也應屬於「強調句」的一種。

其二，大主語和大謂語中的某一個詞語有復指意義的

例如：

① <u>春節</u>，這是中國人民的傳統節日。（大主語「春節」和大謂語中的小主語「這」有復指意義；全句表判斷，所以主語既非受事主語、也非施事主語）

② <u>奪取全國勝利</u>，這只是萬里長征走完了第一步。（大主語「奪取全國

勝利」和大謂語中的小主語「這」有復指意義；全句表判斷，所以主語既非受事主語、也非施事主語）

這種情形的主謂謂語句，小主語「這」在意念上跟大主語共享復指意義，也就是說，這兩個例句在意念上本來是可以省去「這」的，之所以又用「這」來復指一遍前面的大主語，其目的就在於強調大主語。借助語義復指的內涵和主謂謂語句的結構形式來達到強調大主語的目的，正是這種句型的要害所在，在本質上它也應屬於「強調句」的一種。

其三，大主語像是由句首修飾語省略介詞轉換而成的

例如：

① <u>這點小事</u>，<u>我們</u>沒有意見。（小謂語「沒有意見」不具有行為動詞屬性或心理動詞屬性，所以主語既非受事主語、也非施事主語）

② <u>大學生的就業問題</u>，<u>學校</u>有責任。（小謂語「有責任」不具有行為動詞屬性或心理動詞屬性，所以主語既非受事主語、也非施事主語）

③ <u>這個問題</u>，<u>我們</u>有不同的看法。（小謂語「有不同的看法」不具有行為動詞屬性或心理動詞屬性，所以主語既非受事主語、也非施事主語）

這種情形的主謂謂語句，在大主語的前邊完全可以加上一個「對於」一類的介詞，說成「對於這點小事」、「對於大學生的就業問題」、「對於這個問題」，如果是這樣的話，那就是由介賓短語充當句首修飾語了，然而正因為沒有出現介詞，也就缺少了介賓短語的顯性標誌，也就不能將「這點小事」、「大學生的就業問題」、「這個問題」看成是介賓短語了，於是它們便順理成章地成了全句的大主語。這樣做的目的還是為了強調大主語。借助省去介詞的手段來達到強調大主語的目的，正是這種句型的要害所在，在本質上它也應屬於「強調句」的一種。

值得注意的是，如果小謂語具有行為動詞屬性或心理動詞屬性的話，那麼也就跟前面提到的大主語為受事主語、小主語為施事主語的 A 種句型沒有什麼本質區別了。如果上面的三個例子改成下面的說法的話，問題的性質也就發生了變化：

① <u>這點小事</u>，<u>我們</u>就不計較了。

② <u>大學生的就業問題</u>，<u>學校</u>相當重視。

③ <u>這個問題</u>，<u>我們</u>正在研究。

在這三個例子中，因爲小謂語「不計較」、「相當重視」、「正在研究」都具有行爲動詞屬性或心理動詞屬性，也就是說，這幾個例句在意念上本應該是「我們就不計較這點小事了」、「學校相當重視大學生的就業問題」、「我們正在研究這個問題」，所以不應歸入「大主語既非受事主語、也非施事主語的」一類，而應歸入「大主語爲受事主語、小主語爲施事主語」一類。

其四，大主語和小主語之間也隱含有主謂關係的

例如：

① <u>他待人</u>有禮貌。（大主語「他」和小主語「待人」也隱含著主謂關係；動詞「有」不屬於行爲動詞或心理動詞，所以主語既非受事主語、也非施事主語）

② <u>他們做事</u>很認眞。（大主語「他們」和小主語「做事」也隱含著主謂關係；「很認眞」具有形容詞屬性，所以主語既非受事主語、也非施事主語）

③ <u>這點東西賣錢</u>也不多。（大主語「這點東西」和小主語「賣錢」也隱含著主謂關係；「也不多」具有形容詞屬性，所以主語既非受事主語、也非施事主語）

這種情形的主謂謂語句，小主語在意念上跟大主語也暗含有主謂關係，也就是說，這幾個例句在意念上，既可以將「待人有禮貌」、「做事很認眞」、「賣錢也不多」看作是主謂短語，也可以將「他待人」、「他們做事」、「這點東西賣錢」看作是主謂短語，那麼究竟怎樣分析更爲合理呢？統觀全句，在意念上所要表達的應該是「他怎麼樣」、「他們怎麼樣」、「這點東西怎麼樣」，也就是說「他」、「他們」、「這點東西」是全句的被陳述對象，應該確認爲主語，而用來陳述這些主語的語言材料又是主謂短語，所以全句應看作是主謂謂語句，所要強調的對象是大主語。

其五，大主語和大謂語是被計量與計量關係的

例如：

① <u>這種糖</u>十元錢一斤。（大主語「這種糖」是被計量的事物，大謂語「十元錢一斤」是用來計量大主語的；全句沒有核心動詞，所以主語既非受事主語、也非施事主語）

② <u>玫瑰花多少錢一枝</u>？（大主語「玫瑰花」是被計量的事物，大謂語「多少錢一枝」是用來計量大主語的；全句沒有核心動詞，所以主語既非受事主語、也非施事主語）

③ <u>我們年級三十個人</u>一班。（大主語「我們年級」是被計量的事物，大謂語「三十個人一班」是用來計量大主語的；全句沒有核心動詞，所以主語既非受事主語、也非施事主語）

這種情形的主謂謂語句，大主語和大謂語在意念上是被計量與計量的關係，而大謂語本身又是由擁有體詞性謂語的主謂短語構成的，故全句為主謂謂語句，所要強調的對象也是大主語。

綜上分析，可見漢語的主謂句可以大別為體詞性謂語句、謂詞性謂語句、主謂謂語句三類形態，其中主謂謂語句的內部構成最為複雜，其本質上是屬於「強調句」的範疇，這也是漢語句型所獨具的語法特色。

二、非主謂句

漢語的非主謂句是由單個的詞或者主謂短語以外的能夠獨立成句的短語直接構成的單句，也就是在句子的表層語法結構中不含有主語和謂語這一對句法成分的單句。它可能是由單個的詞構成的獨詞句，也可能是由除了主謂短語以外的能獨立構成單句的 17 種短語各自獨立構成的多詞句。

正如前文所述（詳見第 27 節《漢語短語的多級功能分類》），這 17 種能夠獨立構成非主謂句的短語又可大別為「句法關係短語」和「非句法關係短語」兩類：像動賓短語、中補短語、定中短語、狀中短語、連動短語、兼語短語這6 種短語，它們內部都含有動賓、中補、定中、狀中等句法成分關係，故稱之為「句法關係短語」；而聯合短語、復指短語、系位短語、數量短語、指量短語、疑量短語、形量短語、方量短語、方位短語、比況短語、的字短語這 11 種短語，它們內部不含有動賓、中補、定中、狀中等句法成分關係，故稱之為「非句法關係短語」。

所謂「句法關係短語」和「非句法關係短語」都是針對短語的內部成分關係而言的，除此之外還有一類，就是由一個單個的詞獨立構成的非主謂句，它的內部只存在詞法關係而不存在句法關係，因為它不含有兩個或多個造句成分，所以無從談它的句法關係，但它與上述所列的「方位」、「復指」、「數量」、

「比況」等非句法關係也不屬同類，因此可獨立成為一類，稱為「獨詞句」。獨詞句既非「句法關係句」，也非「非句法關係句」，因為它的構成材料是詞而不是短語。

這樣一來，漢語的非主謂句便可以分為「句法關係非主謂句」、「非句法關係非主謂句」、「獨詞句」三種下屬類型。下面逐一加以介紹。

1、句法關係非主謂句

句法關係非主謂句是指由動賓短語、中補短語、定中短語、狀中短語、連動短語、兼語短語這 6 種含有句法關係的短語獨立構成的單句。例如：

① 沒有風。（由動賓短語獨立構成的句法關係非主謂句）

② 是你們自己來的。（由動賓短語獨立構成的句法關係非主謂句）

③ 走一趟吧。（由中補短語獨立構成的句法關係非主謂語句）

④ 差得遠。（由中補短語獨立構成的句法關係非主謂語句）

⑤ 一個陰雲密佈的傍晚。（由定中短語獨立構成的句法關係非主謂語句）

⑥ 好清靜的去處啊！（由定中短語獨立構成的句法關係非主謂語句）

⑦ 實在有意思。（由狀中短語獨立構成的句法關係非主謂語句）

⑧ 不怎麼樣。（由狀中短語獨立構成的句法關係非主謂語句）

⑨ 進去歇一會兒。（由連動短語獨立構成的句法關係非主謂語句）

⑩ 掉到地上摔壞了。（由連動短語獨立構成的句法關係非主謂語句）

⑪ 讓他走吧。（由兼語短語獨立構成的句法關係非主謂語句）

⑫ 沒有人回答。（由兼語短語獨立構成的句法關係非主謂語句）

2、非句法關係非主謂句

非句法關係非主謂句是指由聯合短語、復指短語、系位短語、數量短語、指量短語、疑量短語、形量短語、方量短語、方位短語、比況短語、的字短語這 11 種不含有句法關係的短語獨立構成的單句。例如：

① 小王和小李唄。／又甜又脆。（由聯合短語獨立構成的非句法關係非主謂語句）

② 我自己呀！／小強這孩子呢？（由復指短語獨立構成的非句法關係非主謂語句）

③ 十三億。／七八十。(由系位短語獨立構成的非句法關係非主謂語句)

④ 十二點了。／三百元。(由數量短語獨立構成的非句法關係非主謂語句)

⑤ 這個呀？／那件呢？(由指量短語獨立構成的非句法關係非主謂語句)

⑥ 多少斤？／哪位？(由疑量短語獨立構成的非句法關係非主謂語句)

⑦ 大件。／小份吧。(由形量短語獨立構成的非句法關係非主謂語句)

⑧ 上次。／下回吧。(由方量短語獨立構成的非句法關係非主謂語句)

⑨ 屋子裏頭。／下班以後。(由方位短語獨立構成的非句法關係非主謂語句)

⑩ 火炭似的。／鬼一樣。(由比況短語獨立構成的非句法關係非主謂語句)

⑪ 做生意的。／借來的嗎？(由的字短語獨立構成的非句法關係非主謂語句)

3、獨詞句

獨詞句是指由單個的詞獨立構成的單句。像名詞、動詞、形容詞、數詞、代詞、擬聲詞、個別的否定副詞與能願副詞這幾種成分詞都可以獨立構成獨詞句，另外，應歎詞儘管不屬於成分詞，但它的獨立性非常強，也可以獨立構成獨詞句。例如：

① 星期三了。／小劉嗎？(由名詞獨立構成的非主謂語句)

② 謝謝。／知道了。(由動詞獨立構成的非主謂語句)

③ 無恥啊！／漂亮吧？(由形容詞獨立構成的非主謂語句)

④ 二呀。／○唄。(由數詞獨立構成的非主謂語句)

⑤ 他呢？／怎麼啦？(由代詞獨立構成的非主謂語句)

⑥ 嘩啦嘩啦。／哎呀呀！(由擬聲詞獨立構成的非主謂語句)

⑦ 不。／可以。(由副詞獨立構成的非主謂語句)

⑧ 啊！／嗯。(由應歎詞獨立構成的非主謂語句)

需要特別指出的是，所謂「獨詞」是指充當句子成分的詞而言，句末含有語氣詞的情形並不影響判斷它是一個獨詞句，例如：例①中的「了」、「嗎」，例②中的「了」，例③中的「啊」、「吧」，例④中的「呀」、「唄」，例⑤中的「呢」、「啦」，將這些語氣詞除開，就只剩下一個詞了，因此這些例子都是獨詞句。

我們再來談一談關於非主謂句的體詞性和謂詞性問題，非主謂句內部也可

以像主謂句那樣區分為「體詞性非主謂句」和「謂詞性非主謂句」。非主謂句自身的體詞性和謂詞性是就其構成材料的功能屬性而言的：由體詞或體詞性短語獨立構成的非主謂句就可以叫「體詞性非主謂句」，由謂詞或謂詞性短語獨立構成的非主謂句就可以叫「謂詞性非主謂句」。另外有一類由應歎詞獨立構成的獨詞非主謂句，應歎詞並非成分詞，而是屬於情態關係詞，但是當它獨立成句的時候既不屬於體詞性非主謂句，也不屬於「謂詞性非主謂句」。

38. 漢語句子結構分類之三：複句的結構類型

上一節論及漢語單句的各種結構類型，這一節接著討論複句的各種結構類型。

漢語的複句都是由複句形式短語獨立構成的，可以大別為「聯合複句」與「偏正複句」兩類：聯合複句內部各分句之間地位平等，無主從之分；偏正複句內部各分句之間地位有主從之別。聯合複句包括並列、承接、遞進、選擇、解說五種句型關係，偏正複句包括轉折、條件、假設、因果、目的五種句型關係，這十種句型關係的複句內部又可各分為若干種代表句式，每種代表句式可用帶有某些典型關聯成分（有個別句式沒有關聯成分）的判別格式來表示，我們用 A、B、C 等分別代表複句內部的各個複合成分（分句），現將複句的各類句型與句式羅列如下（下加橫線的部分即為該結構關係的一種判別格式）：

一、聯合複句

聯合複句各分句的地位沒有主次之分，內含並列、承接、遞進、選擇、解說五種邏輯語義關係。

1、並列關係

並列關係的聯合複句內含平列式、呼應式、對比式三種句式，下面將其句式特點配以判別格式分別加以說明。

（1）平列式：<u>A ＋ B ＋ C ＋……</u>。

所謂「平列式」就是各個分句地位平等地任意組合成為平行並列關係，各個分句沒有固定位置，可以任意交換語序。

例如：風停了，雨住了，太陽出來了。

這個句子也可以說成：

雨住了，風停了，太陽出來了。

太陽出來了，風停了，雨住了。

太陽出來了，雨住了，風停了。

（2）呼應式：<u>既Ａ，又Ｂ。</u> ／ <u>一邊Ａ，一邊Ｂ。</u>

所謂「呼應式」就是各個分句借助前後呼應的關聯成分組合成為呼應並列關係，各個複合成分沒有固定位置，也可以交換語序。

例如：這孩子既聰明，又懂事。 ／ 他一邊上網，一邊聽音樂。

這兩個句子也可以說成：

這孩子既懂事，又聰明。 ／ 他一邊聽音樂，一邊上網。

（3）對比式：<u>是Ａ，不是Ｂ。</u> <u>不是（不應該）Ａ，而是（應該）Ｂ。</u>

所謂「對比式」就是各個分句借助正反對比的關聯成分組合成為對比併列關係，各個複合成分沒有固定位置，也可以交換語序。

例如：今天是星期六，不是星期日。 ／ 我們不應該盲從，而應該思索。

這兩個句子也可以說成：

今天不是星期日，而是星期六。 ／ 我們應該思索，而不應該盲從。

2、承接關係

承接關係的聯合複句內含順承式、連貫式、條陳式三種句式，下面將其句式特點配以判別格式分別加以說明。

（1）順承式：<u>Ａ→Ｂ→Ｃ→……。</u>

所謂「順承式」就是各個分句按照事物的先後邏輯組合成為順序承接關係，各個分句有固定位置，不能任意交換語序。

例如：它們漂到溝渠，流進小河，彙入大江。

這個句子一般不可以說成：

它們流進小河，彙入大江，漂到溝渠。

它們彙入大江，流進小河，漂到溝渠。

（2）連貫式：<u>Ａ，就（便、接著、於是）Ｂ。</u>

所謂「連貫式」就是位於後面的分句借助單獨的關聯成分跟前面的分句組

合成爲連貫承接關係，那個單獨的關聯成分只能位於後邊的分句開頭，一般不能在交換分句的語序之後用於前邊的分句。

例如：孩子們走出校門，便四散而去。 ／ 他發覺自己不該大聲喧鬧，於是安靜下來了。

這兩個句子一般不可以說成：

孩子們便四散而去，走出校門。 ／ 他於是安靜下來了，發覺自己不該大聲喧鬧。

（3）條陳式：<u>首先A，然後（其次）B</u>。

所謂「條陳式」就是各個分句借助前後呼應的關聯成分組合成爲逐條陳述的承接關係，它的各個分句雖然可以沒有固定位置，但它的關聯成分（關聯詞語）是不能交換語序的。

例如：他首先講到團結，然後講到紀律。 ／ 學習首先要有興趣，其次要肯用功夫。

這兩個句子只能說成：「首先A，然後（其次）B」的格式，不能說成「然後（其次）A，首先B」的格式。

3、遞進關係

遞進關係的聯合複句內含順進式、逆進式、襯托式三種句式，下面將其句式特點配以判別格式分別加以說明。

（1）順進式：<u>不但A，而且B</u>。 <u>不僅A，也B</u>。

所謂「順進式」就是借助成對呼應的關聯成分將兩個分句組合成爲順序遞進關係。

例如：她的手不但細嫩，而且靈巧。 ／ 我們不僅支持他，也支持你。

有時也可以省略前邊分句的關聯成分，只單獨使用位於後邊的分句的關聯成分，例如上邊兩個例句也可以說成：

她的手細嫩，而且靈巧。 ／ 我們支持他，也支持你。

（2）逆進式：<u>不但不A，反而（反倒）B</u>。

所謂「逆進式」就是借助成對呼應的關聯成分將兩個分句組合成爲逆序遞進關係。

例如：他不但不聽勸，反而鬧得更厲害了。 ／ 他不但不離開，反倒坐下不動了。

「逆進式」的遞進關係既不能顛倒分句的語序，也不能改變關聯成分的順序。

（3）襯托式：<u>別說A，連B都……。</u>　　<u>尚且A，何況B。</u>

所謂「襯托式」就是借助成對呼應的關聯成分將兩個分句組合成為讓步遞進關係。

例如：別說你不認識他，連我都不認識他。 ／ 大人尚且拿不動它，何況孩子呢？

「襯托式」的遞進關係就是將前一個關聯成分的意思先退讓一步（別說A／尚且A），藉以襯托後一個關聯成分的語意（連B都／何況B）。

4、選擇關係

選擇關係的聯合複句內含商選式、限選式、決選式三種句式，下面將其句式特點配以判別格式分別加以說明。

（1）商選式：<u>或者A，或者B。</u>　　<u>是A，還是B。</u>

所謂「商選式」就是借助成對呼應的關聯成分將兩個分句組合成為協商選擇關係。

例如：你或者今天去，或者明天去。 ／ 明天是你去，還是我去。

「商選式」的選擇關係就是商商量量地挑選，它的語氣比較委婉，給對方留有自主選擇的餘地，對方甚至可以拋開預設的選項另行選擇。例如上面兩例，對方除了可以在兩個預設的選項中擇一做出回答外，也可以有第三種回答：

我今天不去，明天也不去，後天去。 ／ 明天你也不去，我也不去，讓他去吧。

（2）限選式：<u>要麼A，要麼B。</u>　　<u>不是A，就是B。</u>

所謂「限選式」就是借助成對呼應的關聯成分將兩個分句組合成為限制選擇關係。

例如：你要麼去，要麼不去。 ／ 明天不是你去，就是我去。

「限選式」的選擇關係就不是商商量量地挑選，而是強制性選擇，它的語氣比較強硬，不給對方留有自主選擇的餘地。例如上面兩例，對方就只能夠在兩個預設的選項中擇一做出回答，不允許有第三種回答。

（3）決選式：<u>與其Ａ，不如Ｂ</u>。　<u>寧可Ａ，也要（不）Ｂ</u>。

所謂「決選式」就是借助成對呼應的關聯成分將兩個分句組合成爲決斷選擇關係。

例如：發言與其長而空，不如短而精。／我寧可不休息，也要完成這件工作。

「決選式」的選擇關係既不是商商量量地讓你挑選，也不是強制性地供你選擇，它的語氣是肯定的，因爲表達者已經事先做好了決斷（寧可Ａ／不如Ｂ），只是借助這種表達格式告知你而已：在「<u>與其Ａ，不如Ｂ</u>」的格式中選Ｂ，在「<u>寧可Ａ，也要（不）Ｂ</u>」的格式中選Ａ。例如上面兩例，對方就只能洗耳恭聽，根本沒有選擇的餘地，因此從某種意義上說，「決選式」的選擇是眞決斷、假選擇。

5、解說關係

解說關係的聯合複句通常是用後面的分句來解說前面的分句，其中內含單一式、總分式、分總式三種句式，下面將其句式特點配以判別格式分別加以說明。

（1）單一式：<u>Ａ←Ｂ</u>。（Ｂ解說Ａ中部分詞語）

所謂「單一式」就是用後一個分句的內容來解釋前一個分句當中的某一個概念，藉以將兩個分句組合成爲單一解說關係。

例如：魯迅有一篇很有名的小說，叫《阿Ｑ正傳》。

「單一式」的解說關係不需要使用關聯成分，特別值得注意的是，後一個分句的內容不是用來解釋前一個分句的，而只是用來解釋前一個分句當中的某一個概念。具體來說，上例中的後一個分句「叫《阿Ｑ正傳》」，不是用來解釋前一個分句「魯迅有一篇很有名的小說」的，而只是用來解釋前一個分句當中的「一篇很有名的小說」這一個特定概念的。假如是解釋前面的全部內容，那麼前面的內容就成了「大主語」，例如在上節中舉過的「奪取全國勝利，這只是萬里長征走完了第一步。」這個例子，後一部分解釋的是前一部分的整體「奪取全國勝利」，而不單單是解釋「勝利」，故這個例子就不是解說關係的複句，而是主謂謂語句。

（2）總分式：<u>Ａ（總）＋Ｂ（分）＋Ｃ（分）</u>。

所謂「總分式」就是用「先總後分」的表達格式將幾個分句組合成爲總分解說關係。

例如：漢語拼音方案主要有兩個作用：一是給漢字注音，二是推廣普通話。

「總分式」的解說關係本質上是一個二重複句，其表層的總說部分與分說部分為解說關係。它至少要有三個分句，其中第一個分句為總說，總括後面的分句內容；後面的分句可以是兩個或多個，互相之間是第二層次的並列或者選擇關係，它們從不同的側面來分別解說開頭的分句。

特別值得注意的是，後面幾個分句的內容同樣不是用來解釋前一個分句的整體內容的，而只是用來解釋前一個分句當中的某一個概念的。具體來說，上例中的後兩個分句「一是給漢字注音，二是推廣普通話」，不是用來解釋前一個分句「漢語拼音方案主要有兩個作用」的，而只是用來解釋前一個分句當中的「兩個作用」這一個特定概念的。

（3）分總式：A（分）＋B（分）＋C（總）。

所謂「分總式」跟「總分式」正好相反，就是用「先分後總」的表達格式將幾個分句組合成為分總解說關係。

例如：教師要負責，學生要努力：二者缺一不可。

「分總式」的解說關係本質上也是一個二重複句，其表層的分說部分與總說部分為解說關係。它至少要有三個分句，其中前面的分句可以是兩個或多個，互相之間是第二層次的並列或者選擇關係，它們分別從不同的側面來表述事實或觀點，最後一個分句為總說，總括性地解說前面的分句內容。

特別值得注意的是，最後一個分句只是用其中的一個特定概念來解說前面分句的內容。具體來說，上例中的最後一個分句「二者缺一不可」，只是用其中的一個特定概念「二者」來對應總括前面分句的「教師要負責，學生要努力」這一內容。

二、偏正複句

偏正複句各分句的地位有主次之分，內含轉折、條件、假設、因果、目的五種邏輯語義關係。

1、轉折關係

轉折關係的偏正複句內含婉轉式、直轉式、讓轉式三種句式，下面將其句式特點配以判別格式分別加以說明。

（1）婉轉式：<u>A，然而（不過，只是）B</u>。

所謂「婉轉式」又叫「弱轉」，是語氣較弱的轉折，就是位於前面的分句通常不用關聯成分，位於後面的分句借助單獨的關聯成分跟前面的分句組合成爲委婉轉折關係。

例如：你的心意我領了，然而我實在不能收下這個。／我希望你們能來，不過也不十分勉強。

「婉轉式」的轉折關係表達語氣比較委婉，適合用在婉言其意的語境。

（2）直轉式：<u>A，但是（可是，卻）B</u>。

所謂「直轉式」又叫「輕轉」，是語氣不太強硬的轉折，就是位於前面的分句通常不用關聯成分，位於後面的分句借助單獨的關聯成分跟前面的分句組合成爲直接轉折關係。

例如：這裏資源豐富，但是經濟落後。／我們一再邀請，可是他堅決不參加。

「直轉式」的轉折關係不像「婉轉式」那麼委婉，表達語氣直截了當，適合用在直言其意的語境。

（3）讓轉式：<u>雖然A，但是B</u>。　<u>儘管A，卻B</u>。

所謂「讓轉式」又叫「重轉」，是語氣比較強硬的轉折，就是位於前面的分句通常要用「雖然、儘管」之類的表示先退讓一步的關聯成分加以強調，位於後面的分句再用「直轉式」的關聯成分與之呼應，前後兩個分句共同組合成爲強調轉折關係。

例如：他雖然年齡不大，但是膽量卻不小。／儘管我們再三請求，他卻還是不答應。

「讓轉式」的轉折關係比「婉轉式」和「直轉式」的語氣都重，先退讓一步蓄勢，故曰「讓轉」，再直言其意，這就如同先收攏拳頭再用力衝擊，其力度反而更大，故曰「重轉」。

2、條件關係

條件關係的偏正複句內含充足條件式、唯一條件式、不拘條件式、鏈鎖條件式四種句式，下面將其句式特點配以判別格式分別加以說明。

（1）充足條件式：<u>只要A，就B</u>。

所謂「充足條件式」，就是位於前面的分句通常要用「只要」一類關聯成分，

位於後面的分句借助「就」一類的副詞充當關聯成分跟前面的分句組合成為充足條件關係。

例如：只要努力學習，就能取得好成績。

充足條件關係的邏輯語義是：具備了某條件就會有某結果，但是不具備某條件卻不一定不會有此結果。也就是說，前一分句是後一分句的充足條件，而並非必要條件。

（2）唯一條件式：<u>只有</u>A，<u>才</u>B。

所謂「唯一條件式」，就是位於前面的分句通常要用「只有」一類關聯成分，位於後面的分句借助「才」一類的副詞充當關聯成分跟前面的分句組合成為必要條件關係。

例如：只有自己動腦筋，才能消化理解。

唯一條件關係的邏輯語義是：不具備某條件就不會有某結果，只有具備了某條件才會有某結果。也就是說，前一分句是後一分句的必要條件，而且是唯一必要條件。

（3）不拘條件式：<u>無論（不管）</u>A，<u>都</u>B。

所謂「不拘條件式」，就是位於前面的分句通常要用「無論、不管」一類關聯成分，位於後面的分句借助「都」一類的副詞充當關聯成分跟前面的分句組合成為不拘條件的條件關係。

例如：國家無論大小，都各有長處和短處。

不拘條件關係的本質就是「無條件」，其邏輯語義是：無論具備不具備某條件都會有某結果。也就是說，前一分句是後一分句的虛擬條件，或者說根本就不是造成後一分句結果的條件。

（4）鏈鎖條件式：<u>××</u>A，<u>××</u>B。（「××」為相同的呼應詞）

所謂「鏈鎖條件式」，是指前後兩個分句借助相同的呼應詞語充當關聯成分而組合成為鏈條式的條件關係。

例如：<u>越是</u>有困難，<u>越是</u>要鼓起勇氣。 / <u>哪裏</u>出現了問題，他就會出現在<u>哪裏</u>。

鏈鎖條件關係的本質就是「鏈接鎖定」，其邏輯語義是：具備某條件就理當出現某結果。也就是說，前一分句是後一分句的共振條件。另外，作為鏈鎖條

件複句中的相同的呼應詞語，可能出現在兩個分句的開頭（如第一個例子），也可能出現在兩個分句的一頭一尾（如第二個例子），還可能出現在兩個分句的其他位置。

3、假設關係

假設關係的偏正複句內含推理式、讓步式、幸免式三種句式，下面將其句式特點配以判別格式分別加以說明。

（1）推理式：<u>如果A，那麼B</u>。　<u>假使A，就B</u>。

所謂「推理式」，就是位於前面的分句通常要用「如果、即使」一類表假設的關聯成分，位於後面的分句借助「那麼」一類代詞或者「就」一類副詞充當關聯成分，來跟前面的分句組合成為假言推理的假設關係。

例如：如果你相信我，那麼就說實話。／假使你說得有道理，我們就照你的辦。

「推理式」的假設關係通常出現在邏輯推理以及數學定理的表達之中，是形式邏輯中假言推理的基本表達格式。值得注意的是，在日常議論說理的時候，經常會在語言形式上使用這種「推理式」的假設關係複句，然而語義上卻不存在真實的假設推理聯繫，我們把這種表達格式稱之為「假假設」，諸如：

① 如果說你早晨吃的是包子的話，那麼我吃的是麵條。（你吃包子與我吃麵條之間並沒有真實的假設推理聯繫）

② 如果說你喜歡足球的話，那麼我喜歡音樂。（你喜歡足球與我喜歡音樂之間也沒有真實的假設推理聯繫）

（2）讓步式：<u>即使A，也B</u>。　<u>縱然A，也B</u>。

所謂「讓步式」，就是位於前面的分句通常要用「即使、縱然」一類表假設的關聯成分，位於後面的分句借助「也」一類的副詞充當關聯成分，來跟前面的分句組合成為讓步性質的假設關係。

例如：即使你說的有道理，我也不同意。／縱然你磨破嘴皮，也無濟於事。

「讓步式」的假設關係總是先退讓一步來蓄勢，故曰「讓步」，然後再轉向真實表達意圖。值得一提的是，有些語法論著將假設關係中的這種「讓步式」跟轉折關係中的「讓轉式」合在一起，令其獨立成為一類，稱之為「讓步關係」

或「讓步複句」，本書認爲這二者雖然都有「讓步」的意念與手段，但是他們的後一分句畢竟一個側重於假設，一個側重於轉折。而偏正複句的語義重心在後一分句，它們前一分句的「讓步」共性，僅僅是爲了更好地實現假設或轉折的手段，因此應當讓其分屬於兩類不同的複句關係爲宜。

（3）幸免式：<u>幸虧（多虧）A，否則（要不然）B。</u>

所謂「幸免式」，就是位於前面的分句通常要用「幸虧、多虧」一類表示有所幸運的關聯成分，位於後面的分句借助「否則、要不然」等詞語充當關聯成分，來跟前面的分句組合成爲反思性質的假設關係。

例如：幸虧你及時提醒我，否則我就忘了。 / 多虧你帶了一把傘，要不然眞要淋雨啦。

「幸免式」的假設關係總是先正面表示有所「幸」，再反面表示免遭其「害」，故曰「幸免」，這是一種先言事實再反思假設其反面後果的特殊的假設關係，口語中最爲常用。

4、因果關係

因果關係的偏正複句內含說明因果式、強調因果式、推論因果式三種句式，下面將其句式特點配以判別格式分別加以說明。

（1）說明因果式：<u>因爲A，所以B。</u>　　<u>由於A，因而（以致）B。</u>

所謂「說明因果式」，就是位於前面的分句通常要用「因爲、由於」一類表示原因的關聯成分，位於後面的分句借助「所以、因而、以致」等表示結果的關聯成分，來跟前面的分句組合成爲先因後果的因果關係。

例如：因爲漢語重要，所以要多用功學習。 / 由於他的腿有殘疾，以致不能像正常人一樣騎自行車。

「說明因果式」的因果關係總是先陳述原因，再來說明此原因所導致的結果，故曰「說明因果」，這是因果關係最爲常見的表達格式。

（2）強調因果式：<u>（之所以）A，因爲B。</u>

所謂「強調因果式」，即倒序的因果關係，也就是位於前面的分句先用「所以、之所以」一類表示結果的關聯成分來說明可以作爲結果看待的一種現象、事實或觀點，然後再用「因爲、由於」一類表示原因的關聯成分引出導致這一結果的原因。

例如：詩歌之所以要押韻，是因為便於誦讀和記憶。

這種格式表達的是一種先果後因的倒序因果關係，其作用和效果在於強調發生結果的原因，故名「強調因果式」

（3）推論因果式：<u>既然A，那麼B。　既然不A，為什麼B？</u>

所謂「推論因果式」，就是位於前面的分句通常要用「既然」一類表示對事實認可的關聯成分，位於後面的分句借助「那麼」一類表示推論的關聯成分，來跟前面的分句組合成為推論因果關係。

例如：既然大家都來了，那麼就不要走了。　／　既然你不喜歡他，為什麼不早點分手呢？

這種格式表達的是一種由原因推導出結果的因果關係，故名「推論因果式」，經常使用在邏輯推理的表達和數學定理的推導用語上。

5、目的關係

目的關係的偏正複句內含希望式、避免式兩種句式，下面將其句式特點配以判別格式分別加以說明。

（1）希望式：<u>A，以便（藉以）B。</u>

所謂「希望式」，就是位於前面的分句通常不用關聯成分，位於後面的分句借助「以便、藉以」一類關聯成分跟前面的分句組合成為表示希望達到的目的關係，故名之曰「希望式」。

例如：聽課要做好筆記，以便課後復習。　／　他一個勁地自我吹噓，藉以炫耀自己。

這種格式表達的是正面要達到的目的，有助於表示某種事物、現象、觀點等給人們帶來的便利。

（2）避免式：<u>A，以免（免得）B。</u>

所謂「避免式」，就是位於前面的分句通常不用關聯成分，位於後面的分句借助「以免、免得」一類關聯成分跟前面的分句組合成為表示不希望達到的目的關係，故名之曰「避免式」。

例如：下車時請帶好自己的物品，以免忘在車上。　／　在公共場合不要吸煙，免得影響他人。

這種格式表達的是反面要規避的目的，有助於提醒某種事物、現象、觀點等給人們帶來的危害。

綜上所述，漢語的複句共有 10 種句型 30 種句式。這 10 種句型在許多語法論著中大都得到共識，只是對「解說關係」和「目的關係」尚有個別爭議，另外也有主張將「假設」歸入「條件」的，也有看到「假設」中的「讓步式」和「轉折」中的「讓轉式」都有先退讓一步的共性，主張將二者合併成為一類獨立的句型，稱作「讓步」或「讓轉」關係的。至於 10 種句型內部的 30 種句式，許多語法論著並未明確地規範其稱謂，本書所擬的稱謂只是為了敘述的方便，當然還有進一步斟酌的必要。

另外需要指出的是，複句內部的句法成分可能以三種形式出現，即「複合成分」（分句）形式、「關聯成分」（關聯詞語）形式和「句首修飾成分」形式。也就是說，我們通常所說的「分句」、「關聯詞語」等都是習慣說法，它們本質上都是構成複句的句法成分。「分句」本不是「句」，只是複句內部的複合句法成分，應稱之為「複合成分」；「關聯詞語」也不是一般意義上的「詞語」，它也不屬於詞法範疇而屬於句法範疇，理應稱為「關聯成分」。

因此，本書認為複句的句法成分有三種：一是被習慣稱為「分句」的句內複合成分，二是被習慣稱為「關聯詞語」的句內關聯成分，三是可以稱之為「句首修飾語」的句首修飾成分。任何一個複句，必有「句內複合成分」，而「句內關聯成分」和「句首修飾成分」則不一定有，沒有「句內關聯成分」的複句稱為「意合句」，有「句內關聯成分」的複句稱為「關聯句」。「句內關聯成分」是複句關係類型的顯性標誌，「關聯句」與「意合句」可以相互轉換，說話人要強調分句之間某一方面的語意關係，往往是由「句內關聯成分」來顯示的，否則一個「意合句」往往在內部可能暗含有幾方面的語意聯繫。例如：「天下雨了，就不去了。」這樣一個「意合句」，因為沒有使用關聯成分，分句之間的複合句法關係就不夠明顯，如果改成「關聯句」的話，就可以突顯表達者的語義指向。諸如：「因為天下雨了，所以就不去了。」突顯的是因果關係；「只要天下雨了，那麼就不去了。」突顯的是條件關係；「如果天下雨了，就不去了。」突顯的是假設關係。

39. 漢語句子結構分類之四：緊縮句、變式句、省略句

上兩節分別論及漢語單句與複句的各種結構類型，這一節接著討論緊縮句、變式句、省略句的相關問題。

一、緊縮句

緊縮句是由緊縮短語直接獨立構成的句子。緊縮句的外在形態類似於單句，因為它在句中沒有語音停頓，也就不能顯露複句的複合成分（分句）之間的界限；緊縮句的內在構成卻又類似於複句，因為它並不能像單句那樣分析句子成分，而只能找出其內含的複句關係。所以我們說，緊縮句是具有複句關係的單句或者說是具有單句形態的複句。

1、緊縮句的識別

所謂「緊縮」應該有兩個檢測標準：

其一是書面上的標準，那就是句中不應該有顯示句中停頓作用的「點號」。例如：

① 這件事再難也別半途而廢。（緊縮句）

② 這件事再難，也別半途而廢。（複句）

③ 如果有事明天再說。（緊縮句）

④ 如果有事，明天再說。（複句）

可以說，在書面上，只要看到了有顯示句中停頓作用的「點號」（逗號、分號、破折號、省略號等，不包括頓號）就應該考查一下它是否標示了分句間的界限，如果是，如上面的例②和例④中的逗號，因為能明顯區分出兩個分句來，那就不再是緊縮句了。

其二是口語中的標準，那就是句中不應該有顯示停頓作用的「語氣詞」。例如：

⑤ 再難也別半途而廢。（緊縮句）

⑥ 再難哪，也別半途而廢。（複句）

⑦ 人微言輕沒人聽。（緊縮句）

⑧ 人微言輕啊，沒人聽。（複句）

應該說，在口語中，沒有標點符號作參考，那就只有「聽」出其中的停頓

長短了，複句的分句之間的停頓一般來說是可以聽出來的，有時候有些「語氣詞」也可以顯示句中停頓，如上面的例⑥中的「哪」和例⑧中的「啊」，明顯起到了逗號的停頓作用，那麼在口語中就可以判別爲複句。

2、緊縮句的內部關係

因爲緊縮句不能像單句那樣分析句子成分，而只能找出其內含的複句關係，所以我們要認識緊縮句的語法結構關係，就不能以「主謂句」和「非主謂句」來區分，而要以複句的結構類型來辨識。

上一節談到，漢語的複句可大別爲聯合複句與偏正複句兩類，每一大類中各含有五種不同的邏輯語義關係，總共有十種複句關係，它們分別是並列關係、承接關係、遞進關係、選擇關係、解說關係、轉折關係、條件關係、假設關係、因果關係、目的關係。這些關係並不都適合於「緊縮」，因此緊縮句實際上並沒有這麼多種關係，大體上並列、承接、遞進、解說、目的這五種關係都不大適合於緊縮，因此剩下一半，還有五種關係可以在緊縮句中看到它們的身影，下面分別各舉幾例：

（1）選擇關係的緊縮句

① 你買蘋果還是香蕉？（商選式：你或者買蘋果，或者買香蕉。）

② 他究竟知道還是不知道？（限選式：他要麼知道，要麼不知道。）

③ 英雄們寧死不屈。（決選式：英雄們寧可死，也不屈服。）

④ 不自由毋寧死。（決選式：與其不自由，還不如死去。）

（2）轉折關係的緊縮句

① 他拿起來又放下。（婉轉式：他拿起來，然而又放下了。）

② 她想看又不敢看。（直轉式：她想看，可是又不敢看。）

③ 打開了又不用。（讓轉式：雖然打開了，但是又不用。）

④ 他講了幾句講不下去了。（婉轉式：他講了幾句，然而講不下去了。）

（3）條件關係的緊縮句

① 我一聽就明白。（充足條件式：我只要一聽，就明白了。）

② 你學了才會。（唯一條件式：你只有學了，才會。）

③ 誰說什麼他都不聽。（不拘條件式：無論誰說什麼，他都不聽。）

④ 越幹越有勁。（鏈鎖條件式：越幹，就越有勁。）

⑤ 哪裏有壓迫哪裏就有反抗。（鏈鎖條件式：哪裏有壓迫，哪裏就會有反抗。）

（4）假設關係的緊縮句

① 不學不知道。（推理式：如果不學，那麼就不知道。）

② 刀山火海他也敢闖。（讓步式： 縱然是刀山火海，他也敢闖。）

③ 這孩子非來不可。（推理式：這孩子如果不來的話，那麼就不行。）

④ 坐過站就糟了。（幸免式：幸虧沒有坐過站，要不然就糟了。）

（5）因果關係的緊縮句

① 人微言輕沒人聽。（說明因果式：因為人微言輕，所以沒人聽。）

② 我家裏有事離不開。（說明因果式：我因為家裏有事，所以離不開。）

③ 他不來也是有原因的。（強調因果式：他之所以不來，因為那是有原因的。）

④ 來了就別走了。（推論因果式：既然來了，那麼就別走了。）

二、變式句與省略句

正如前文所述，跟「常式句」對應的是「變式句」，跟「完全句」對應的是「省略句」，變式句與省略句都是在語言表達的具體過程中形成的變通或者簡化的句式。本書在前幾節具體分析的單句與複句，都是成對的句法成分處於正常位置而沒有相互易位的「常式句」和句法成分相對完備而無所省略的「完全句」，此處就不再贅述了。這裏僅來簡單談一談跟它們相對應的「變式句」與「省略句」的問題。

1、變式句

所謂「變式句」是指某些成對的句法成分沒有處於正常位置而相互易位的句子，文言中的變式句容當後敘，現代漢語的變式句主要有謂語前置句、定語後置句、狀語後置句三種形態：

（1）謂語前置句

這是一種主語和謂語易位的變式句，即為了強調謂語而先說謂語再說主語。例如：

① 跟著我讀，同學們。

「跟著我讀」這個由連動短語充當的謂語本應位於主語「同學們」之後，現在置於主語之前，故稱爲謂語前置句。

② 再見吧，媽媽！

「再見」這個由動詞充當的謂語本應位於主語「媽媽」之後，現在置於主語之前，故稱爲謂語前置句。

③ 起來，不願做奴隸的人們！

「起來」這個由動詞充當的謂語本應位於主語「不願做奴隸的人們」之後，現在置於主語之前，故稱爲謂語前置句。

（2）定語後置句

這是一種定語和定語中心語易位的變式句，即爲了強調定語而先說中心語再說定語。例如：

① 我有一本小說，巴金的。

「巴金」這個由名詞充當的定語本應置於定語中心語「小說」之前，現在以「的字短語」的形態置於整個句子之後，故稱爲定語後置句。

② 小草偷偷地從土裏鑽出來，嫩嫩的，綠綠的。

「嫩嫩」和「綠綠」這兩個由形容詞充當的定語本應置於定語中心語「小草」之前，現在以「的字短語」的形態置於整個句子之後，故稱爲定語後置句。

③ 他們應該有新的生活，爲我們所未經生活過的。

「爲我們所未經生活過」這個由狀中短語充當的定語本應置於定語中心語「新的生活」之前，現在以「的字短語」的形態置於整個句子之後，故稱爲定語後置句。

（3）狀語後置句

這是一種狀語和狀語中心語易位的變式句，即爲了強調狀語而先說中心語再說狀語。例如：

① 我眞地很喜歡，從心裏，從靈魂深處。

「從心裏」、「從靈魂深處」這兩個由介賓短語充當的狀語本應置於狀語中心語「很喜歡」之前，現在置於整個句子之後，故稱爲狀語後置句。

② 海在我們腳下沉吟著，詩人一般。

「詩人一般」這個由比況短語充當的狀語本應置於狀語中心語「沉吟」之前，現在置於整個句子之後，故稱為狀語後置句。

③ 我們看到老人流露出的絕望神情，在他那呆滯的目光中。

「在他那呆滯的目光中」這個由介賓短語充當的狀語本應置於狀語中心語「流露出」之前，現在置於整個句子之後，故稱為狀語後置句。

④ 同學們都來了，從祖國的四面八方。

「從祖國的四面八方」這個由介賓短語充當的狀語本應置於狀語中心語「都來了」之前，現在置於整個句子之後，故稱為狀語後置句。

⑤ 她的頭上插著許多鮮花，橫七豎八地。

「橫七豎八」這個狀語本應置於狀語中心語「插著」之前，現在置於整個句子之後，故稱為狀語後置句。

需要指出的是，有的變式句還可能會出現同時存在兩種變式結構的情形：例如：

⑥ 去罷，野草，連著我的題辭。（魯迅《野草·序》）

這句話既是謂語前置句（謂語「去吧」前置），又是狀語後置句（狀語「連著我的題辭」後置）

那麼，有沒有「賓語前置句」呢？有，在漢語文言中有，而在現代漢語中應該說沒有。並不是現代漢語的賓語不可以前置，為了強調它照樣可以前置，例如：

① 她不掉一滴眼淚。（常式句）

② 她一滴眼淚也不掉。（主謂謂語句）

③ 一滴眼淚她也不掉。（主謂謂語句）

例①是常式句，它的賓語是「一滴眼淚」，這個賓語在例②中為了強調被提到動語「不掉」之前，在例③中為了強調被提到主語「她」之前，但是當它被前置之後，就轉化為兩種不同形式的「主謂謂語句」了，故現代漢語語法中不列「賓語前置句」一項。

2、省略句

所謂「省略句」是指因受語境條件制約而省略了某種或某些句法成分的句子，文言中的省略句容當後敘，現代漢語的省略句主要有自述省、對話省、上

下文省三種形態：

（1）自述省

通常用於獨白語境中，可省去主語「我」。例如：

① 十三日晴。上午往女師大講。得叢蕪信，午復。寄李天織信。夜得長虹信。得霽野信。校印稿。（魯迅日記）

② 一九二七年六月九日。今天又洗了一個澡，覺得身體輕快了不少。明天早晨可寫五千字，晚上可寫五千字，大約在三日之內，一定可以把兩萬字的一篇小說做成。（郁達夫日記）

（2）對話省

通常用於對話語境中，可省去互相認可的詞語。例如：

①「你什麼時候回來？」「六點左右。」

答話中省去了主語「我」和用作謂語中心動詞的狀語中心語「回來」。

②「你喜歡什麼顏色的圍巾？」「鵝黃的。」

答話中省去了主語「我」、用作謂語中心動詞的動語「喜歡」、用作賓語中心詞的定語中心語「圍巾」。

（3）因上下文而省

通常用於上下文語境中，可省去前面已經出現的詞語或後面將要出現的詞語，前一種情形稱作「承前省」，後一種情形稱作「蒙後省」。例如：

① 他看人家都在洗衣服，他也去洗。（下文承前省賓語「衣服」）

② 滅了燈，他直奔後院。（上文蒙後省主語「他」）

40. 句子的功能分類：陳述句、疑問句、祈使句、感歎句

本書此前在第 28 節至第 39 節連續用了十二節的篇幅論析了漢語句子的各種結構成分和各種結構類型，關注的都是句子的語法結構問題，下面再用一節來討論句子的語法功能分類。漢語句子的功能類型就是根據句子表達不同語氣的標準來進行分類，分出的類通常叫做句類。漢語的句子可有陳述、疑問、祈使、感歎四種語氣特徵，據此，句子的功能類型可以分為陳述句、疑問句、祈使句、感歎句四種句類。

一、陳述句

陳述句是用來敘述事情、表達平和而略降的陳述語氣的句子，書面上句末用句號。陳述句可分為肯定陳述、否定陳述、雙重否定陳述三種小的類別：

1、肯定陳述

陳述句的表層語法結構中不含有否定意思的稱為「肯定陳述」。例如：

① 太陽升起來了。

② 空氣清新極了。

③ 樹上落著一隻小鳥。

④ 他是一個聰明的孩子。

⑤ 他態度溫和。

⑥ 下雨了。

⑦ 一個月圓的晚上。

⑧ 只要弄懂了這個道理，你就不會再困惑了。

⑨ 你想吃什麼我就給你做什麼。

⑩ 他醉醺醺地走著，搖搖擺擺地。

通過上面各例可以看出，各種結構類型的句子都有可能構成肯定陳述：上面前 7 個例子都是單句，其中例①～例⑤是主謂句，例⑥、例⑦是非主謂句；例⑧是複句，例⑨是緊縮句；肯定陳述句還可以是省略句，例⑧前一個分句就蒙後省了主語「你」；肯定陳述句也可以是變式句，例⑩就是狀語後置句。

需要特別指出的是，肯定陳述並不完全排除否定詞語的應用，不能認為凡是含有否定詞語的句子就是否定句，例如：

① 白楊樹是不平凡的樹。

② 他是個未婚青年。

③ 我知道你不會來。

④ 我以為你沒帶錢呢。

⑤ 他希望你不要再提這件事了。

⑥ 無污染的蔬菜真好。

⑦ 無聊時就看看書。

⑧ 不想去也可以。

⑨ 別胡思亂想就能睡著啦。

⑩ 沒有人提問就下課吧。

在上述各例中都含有否定詞語，然而，例①～例⑤是對賓語加以否定，例⑥是對定語加以否定，例⑦是對狀語加以否定，例⑧～例⑩是對緊縮句的前項加以否定，所有這些都不構成對全句的否定，無傷大雅，也就是說，這些句子的表層語法結構中都不含有否定意思，因此這些句子都是肯定句，不是否定句。由此可以看出，肯定陳述也可以容納否定詞語，只要不對謂語的中心詞語加以否定，就達不到否定全句的效果。

2、否定陳述

陳述句的表層語法結構中含有否定意思的稱爲「否定陳述」。例如：

① 白楊樹不是平凡的樹。

② 他不告訴我這是什麼。

③ 我不想離開這裏。

④ 這本書沒什麼意思。

⑤ 他什麼都沒有。

⑥ 銀行裏沒有多少存款。

⑦ 咱們眞的沒白來。

⑧ 他不願意這樣做。

⑨ 他的普通話講得不好。

⑩ 你說了我也不明白。

需要指出的是，否定陳述通常都含有「不」、「沒」、「沒有」等否定詞語，但不能認爲凡是含有否定詞語的句子就都是否定句，例如：「白楊樹不是平凡的樹」是否定陳述，而「白楊樹是不平凡的樹」卻是肯定陳述，因爲前者是說「白楊樹不是……」，而後者是說「白楊樹是……」。也就是說，只有句子的表層語法結構中含有否定意思的才是否定句，如果只是在深層結構中含有否定意思，而表層結構卻是肯定的，那麼就是肯定句。「白楊樹是不平凡的樹」一句之所以是肯定句，那是因爲「不平凡」是深層的定語，而表示肯定意思的判斷「是」處在表層結構；同樣道理，「白楊樹不是平凡的樹」一句之所以是否定句，那是因爲表示肯定意思的「平凡」是深層的定語，而表示否定意思的判斷「不是」處在表層結構當中。

3、雙重否定陳述

陳述句的表層語法結構中以雙重否定形式（否定之否定）表達肯定語氣的稱爲「雙重否定陳述」。例如：

① 我不是不想去。

② 我不能不去。

③ 他不敢不來。

④ 我們不得不這樣做。

⑤ 他們未必不懂。

⑥ 人們無不稱讚。

⑦ 人們對他不無憐憫之心。

⑧ 大家沒有一個不同意的。

⑨ 這樣做沒有什麼不可以。

⑩ 他非要把這件事說清楚不可。

雙重否定的陳述句內部往往含有兩個否定詞，例如上面各例中的「不……不」、「未必不」、「無不」、「不無」、「沒有……不」、「非……不可」等，但這並不是說含有兩個否定詞的句子就一定都是雙重否定，例如：

① 母親的關懷無微不至。

② 他一個人無依無靠。

③ 敵人早就無影無蹤了。

④ 她感到上天無路入地無門。

在上面幾個例子中，例①的「無微不至」是個成語，應該整體對待，在該句表達中，沒有刻意運用雙重否定的意思。例②、例③雖然都有兩個否定詞，但是它們是並列結構，不能構成否定之否定，表達的並不是肯定的意思，而是否定的意思，故應看作是單純的否定陳述。例④的兩個「無」也處在並列結構中，同樣不構成雙重否定，更何況它還是處在深層結構當中，因爲「上天無路入地無門」作「感到」的賓語，全句所表達的是肯定的意思，但這種肯定意思並不是由於雙重否定的作用而獲得的，因此只能將全句看作是單純的肯定陳述。總之，「雙重否定陳述」必須具備兩個條件，一是兩個否定詞都要處在表層語法結構中，二是要完成否定之否定的功能，以雙重否定的形式來表達肯定的意思與語氣，二者缺一不可。

二、疑問句

疑問句是用來提出問題、表達疑問語氣的句子，書面上句末用問號。疑問句可分爲是非問、特指問、選擇問、正反問四種小的類別：

1、是非問

用疑問語氣提出一個肯定或否定的問題，要求對方只作肯定或否定的回答的疑問句稱爲「是非問」。是非問不要求對方作具體回答，只要求對方表示同意或者不同意，甚至用點頭或搖頭的態勢語言都可以回答。是非問的主體部分像陳述句那樣語氣平和，在句末語氣有所揚升，經常會添加「嗎」、「吧」、「啦」、「呀」、「哇」、「哪」一類的語氣詞。例如：

① 你說的是他？

② 這個我也能學會，是嗎？

③ 你不知道嗎？

④ 到那裏很遠吧？

⑤ 我說得對吧？

⑥ 都到齊啦？

⑦ 你忘啦？

⑧ 今天星期幾呀？

⑨ 他的病還沒好哇？

⑩ 這本書你還沒看完哪？

在上述各例中，例①句末沒有使用語氣詞，其餘九例都使用了「嗎」、「吧」、「啦」、「呀」、「哇」、「哪」一類的語氣詞。例②的前半部分就是一個標準的肯定陳述，後半部分借助語氣詞「嗎」使語氣揚升，更容易看出這種疑問句的語法結構特徵，其餘各例不過是將這種揚升的語氣黏附在陳述內容之末罷了。例⑨和例⑩是反問形式的是非問，它們先用否定陳述的形式表達說話者的相反預測（他的病還沒好→他的病該好了 / 這本書你還沒看完→這本書你該看完了），然後再黏附上語氣詞，表達一個完整的是非問。需要指出的是所謂「反問」和「設問」只是一種修辭方法，並不是一種疑問語氣，因此疑問句的內部小類只有是非問、特指問、選擇問、正反問四種形式，某一句具體的「反問」或「設問」的語氣特徵都可歸入這四小類中的某一類。

有些時候，是非問還可以由單個的詞語加上語氣詞「嗎」或者疑問語氣構成，例如：

①　小王嗎？（名詞加語氣詞）

②　出發嗎？（動詞加語氣詞）

③　乾淨嗎？（形容詞加語氣詞）

④　我嗎？（稱代詞加語氣詞）

⑤　這裏嗎？（指代詞加語氣詞）

⑥　可以嗎？（能願副詞加語氣詞）

⑦　願意嗎？（能願副詞加語氣詞）

⑧　真的？（由形容詞構成的「的字短語」加疑問語氣）

⑨　活的？（由動詞構成的「的字短語」加疑問語氣）

⑩　男的？（由區別詞構成的「的字短語」加疑問語氣）

2、特指問

現代漢語的特指問在提問方式上有三種形態：一是直接用疑代詞來提問，二是直接在體詞或者體詞性短語之後附加語氣詞「呢」來提問，三是用疑代詞代替疑問句中的未知部分來提問。這三種提問方式都要求對方專就未知部分作出回答，不能用點頭或搖頭的態勢語言來回答。特指問的主體部分就涉及到具體的疑問內容，所以全句為揚升的語氣。下面分別敘述：

其一，直接用疑代詞來提問的特指問是最簡捷的疑問句，實際上它是一種省略句形式的特指問。例如：

①　誰呀？

②　什麼？

③　怎麼？

④　怎麼啦？

⑤　怎麼樣？

⑥　多少？

⑦　哪兒？

⑧　哪裏呀？

⑨　為什麼？

⑩ 啥？

需要指出的是，這種最簡捷的省略句形式的特指問需要在具體的上下文語境中才能成立。

其二，直接在體詞或者體詞性短語之後附加語氣詞「呢」或疑問語氣來提問的是比較含蓄的特指問，實際上它也是一種省略句形式的特指問。例如：

① 大姐呢？

② 鑰匙呢？

③ 孩子們呢？

④ 節假日呢？

⑤ 你的意見呢？

⑥ 鄰居趙大叔呢？

⑦ 小劉和小李呢？

⑧ 這件呢？

⑨ 大個呢？

⑩ 我的呢？

之所以說這種問法比較含蓄，是因爲它的回答定向性不是那麼嚴格，例如「大姐呢？」你可以回答「大姐在家呢」／「大姐上街了」等在哪裏的問題，也可以回答「大姐身體還好」／「大姐也有病」等健康狀況的問題，還可以回答「大姐喜歡吃魚」／「大姐什麼都喜歡吃」等飲食嗜好的問題……這要根據對話時的語言情景來把握。

其三，用疑代詞代替疑問句中的未知部分來提問的特指問是最爲常用的特指疑問句，它是特別針對某一方面來提問，要求對方針對疑代詞的範疇作具體回答，經常用的疑代詞有「誰」、「什麼」、「哪」、「哪裏」、「哪兒」、「何時」、「幾」、「多少」、「怎麼」、「怎樣」、「爲什麼」、「啥」等。例如：

① 誰是他的親人呢？

② 你剛才說什麼來著？

③ 我剛才說到哪啦？

④ 你是哪裏的人？

⑤ 東西放在哪兒呀？

⑥ 我們何時才能再見面？

⑦ 這孩子幾歲啦？

⑧ 這件衣服多少錢？

⑨ 屋裏怎麼沒人呢？

⑩ 他的手藝怎樣？

⑪ 你爲什麼不講清楚呢？

⑫ 他們這麼做圖個啥？

在上述各例中，句中都使用了疑代詞，句末可以附加語氣詞（如例①③⑤⑦⑨⑪），也可以不用語氣詞（如例②④⑥⑧⑩⑫），它們全句的語氣都是傾向於揚升的句調。其中例⑨和例⑪是反問形式的特指問，它們先用否定的疑問形式表達說話者的相反預測（屋裏怎麼沒人→屋裏不該沒人／你爲什麼不講清楚→你應該講清楚），然後再黏附上語氣詞「呢」，表達一個完整的特指問，需要對方針對所問來回答。

特別值得注意的是，不能見到含有疑代詞的句子就認爲是疑問句，這裏又有兩種情況，一是雖然含有疑代詞，但是這個疑代詞在句中並不表示疑問，它是疑代詞的指代用法；二是雖然含有疑代詞，但是這個疑代詞在句中處在語法的深層結構，它並不影響全局的語氣。這兩種含有疑代詞的句子都表達的是陳述語氣，都不是疑問句，當然也就都不是「特指問」了。下面我們分別來看一下：

其一，在句子的表層語法結構中雖然存在疑代詞，但它並不表示疑問，而是疑代詞的指代用法，這當中又有「任指用法」和「虛指用法」之別，例如：

① 誰也沒注意他。（誰 = 任何人）

② 他能寫會算，什麼都行。（什麼 = 任何方面）

③ 他哪兒都沒去過。（哪兒 = 任何地方）

④ 他多會兒都忘不了你。（多會兒 = 任何時候）

⑤ 不知是誰大喊了一聲。（因爲不知道而不能說出是誰）

⑥ 他們還在籌劃什麼。（因爲不關心而不能說出在籌劃什麼）

⑦ 就是把傢具什麼都算上也值不了幾個錢。（不願說出具體值多少錢）

⑧ 他具體介紹了這裏市容怎麼樣，習俗怎麼樣，生活怎麼樣。（不必說出究竟怎麼樣）

在以上各例中，例①②③④中的疑代詞屬於「任指用法」，就是在表達中不表疑問，而用來指代任何人或任何事物，表示沒有例外的意思；例⑤⑥⑦⑧中的疑代詞屬於「虛指用法」，也是在表達中不表疑問，而是用來指代不能說出、不願說出或不必說出的人或事物。故以上例句都是陳述句，不是疑問句。

其二，特指問中的疑代詞應當使用在句子的表層結構的主幹成分上，而有些陳述句內部也會含有表示疑問的詞語，但是該疑問詞是處在句子的深層結構中，則不能認爲是疑問句。例如：

① 請指出下列短語是什麼結構關係的短語。
② 我也拿不出什麼像樣的辦法來。
③ 你應該告訴我誰來誰不來。
④ 我忘了剛才講到哪裏了。
⑤ 我不知道他今天怎麼不高興。

以上這些例句的表層結構中並不含有疑代詞，它們分別是在表達「請指出……」、「我也拿不出……」、「你應該告訴我……」、「我忘了……」、「我不知道……」等肯定陳述或者否定陳述的意思，而句中的「什麼」、「誰」、「哪裏」、「怎麼」等疑代詞都處在句子的深層結構當中，都是句子的賓語內部的疑問，它們並不能影響全句的的陳述語氣，因此全句是陳述句，不是疑問句。

3、選擇問

用疑問語氣提出兩種或多種看法，希望對方從中選擇一種來回答的疑問句稱爲「選擇問」。選擇問希望對方在問話所提供的預選項中作出其中一種回答，例如：「你要這書的上冊，中冊，還是下冊？」，一般說來，「上冊、中冊、下冊」三個選項已經涵蓋充分了，答話者可以選擇一種來回答；當然，有時問話者所提供的選項不夠充分或者不符合事實，答話者也可以另闢蹊徑給出另外的答案，例如：「他是老師還是學生？」，如果他既不是老師也不是學生，而是學校食堂的工人，那麼答話者就可以不在預選項內選擇回答。選擇問的主體部分就是一個選擇問句，它可能是一個單句，可能是一個複句，也可能是一個緊縮句，甚至還可能是一個句群。選擇問在句中可以使用「是……還是……」一類的關聯成分，也可以不使用；句末可以附加語氣詞，也可以不用。例如：

① 我是簡單點說，還是詳細點講？

② 這房子我究竟是賣呢，還是租呢？

③ 你是想坐汽車呢，坐火車呢，還是想坐飛機呢？

④ 這個人究竟是英國人呢，是德國人呢，還是法國人呢？

⑤ 你剛才說的是真的假的？

⑥ 咱們喝白酒喝啤酒？

⑦ 她生的是兒子還是女兒？

⑧ 剛才出事時路口是紅燈還是綠燈？

⑨ 站在他們的前頭領導他們呢？還是站在他們的後頭指手畫腳地批評他們呢？還是站在他們的對面反對他們呢？

⑩ 你難道不可以不去嗎？你難道不可以去了不喝酒嗎？你難道不可以少喝一點嗎？

在上述各例中，例①、例②是含有兩個選項的複句形式的選擇問，例③、例④是含有三個選項的複句形式的選擇問，例⑤、例⑥是單句形式的選擇問，例⑦、例⑧是緊縮句形式的選擇問，例⑨、例⑩是含有三個選項的句群形式的選擇問。句中可以像例①②③④⑦⑧⑨那樣使用「是……還是……」一類的關聯成分，也可以像例⑤⑥⑩那樣不使用關聯成分；可以像例②③④⑨⑩那樣句末附加語氣詞，也可以像例①⑤⑥⑦⑧那樣不用語氣詞。其中例⑩是反問形式的選擇問，它用「你難道不可以」這種否定的疑問形式表達說話者的相反預測（你難道不可以→你可以），採用語義遞進的表達方式羅列了三個預選項，表達了一個完整的選擇問，其含義是：你最好是「不去」，其次是「去了不喝酒」，再怎麼推脫不過也應該是「少喝一點」，這就需要對方針對所問來選擇回答，可是對方一項都沒做到，那就只好用反問的語氣嚴厲譴責了。

4、正反問

將事情的正面與反面並列說出來，用肯定否定相重疊的方式來提問，要求對方作肯定或否定的回答的疑問句稱為「正反問」。正反問要求對方只能在問話中所提供的正反選項中作出其中一種回答，沒有第三種選擇。從提問形式上看，正反問很像選擇問，它跟選擇問的區別是它的預選項是矛盾的（非此即彼，沒有其他可能），選擇問的預選項是對立的（非此不一定就是彼，還有其他可能）；

從回答形式上看，正反問又很像是非問，它並不要求對方作具體回答，只要求對方表示肯定或者否定，甚至用點頭或搖頭的態勢語言也可以回答。

正反問的主體部分通常是一個單句形式，它的正反兩方面的意思不需要佔用兩個分句，而往往是以正反並列的聯合短語的形式出現在單句當中。例如：

① 他是不是四川人？

② 你買不買這雙鞋？

③ 他能不能來？

④ 這件衣服貴不貴？

⑤ 你坐過飛機沒有？

⑥ 你是坐飛機來的不是？

⑦ 她究竟會唱歌不會？

⑧ 你們還吃飯不？

⑨ 你的問題是否解決了？

⑩ 你看我像個老闆不像？

正反問的構成形式通常可以借助判斷動詞、一般動詞、能願副詞、形容詞、擬聲詞的正反列舉來實現。

其一，用判斷動詞來構成正反問格式的，通常可以有四種手段：

a.「是不是……」的格式，例如：你是不是小劉？ / 是不是讓大家歇一會兒？

b.「是否……」的格式，例如：大家是否明白了？ / 你是否每天都來？

c.「（是）……不是」的格式，例如：她是你媽不是？ / 你又犯傻啦不是？

d.「……，是不是」的格式，例如：你不想活了，是不是？ / 他看不起我，是不是？

其二，用一般動詞來構成正反問格式的，通常可以有七種手段：

a.「動＋不＋動」的格式，例如：你還吃不吃？ / 大家還討論不討論？

b.「動＋不＋動＋賓」的格式，例如：你還吃不吃飯？ / 大家還討論不討論這個問題？

c.「動＋賓＋不」的格式，例如：你還吃飯不？ / 大家還討論這個問題不？

d.「動＋賓＋不＋動」的格式，例如：你還吃飯不吃？ / 大家還討論這個問題不討論？

　　e.「動＋賓＋不＋動＋賓」的格式，例如：你還吃飯不吃飯？／大家還討論這個問題不討論這個問題？

　　f.「動＋補＋動＋補」的格式，例如：這件事辦得到辦不到？／你究竟改得了改不了？

　　g.「動＋補＋不」的格式，例如：這件事辦得到不？／你究竟改得了不？

　　其三，用能願副詞來構成正反問格式的，通常可以有五種手段：

　　a.「副＋不＋副」的格式，例如：你願意不願意？／（這樣做）應該不應該？

　　b.「副＋不＋副＋動」的格式，例如：你願意不願意去？／應該不應該鼓勵？

　　c.「副＋動＋不」的格式，例如：你願意去不？／應該鼓勵不？

　　d.「副＋動＋不＋副」的格式，例如：你願意去不願意？／應該鼓勵不應該？

　　e.「副＋動＋不＋副＋動」的格式，例如：你願意去不願意去？／應該鼓勵不應該鼓勵？

　　其四，用形容詞來構成正反問格式的，通常只有「形+不+形」一種手段，例如：

　　① 他的個子高不高？

　　② 你看這樣做好不好？

　　③ 教室裏安靜不安靜？（也可以簡說成「教室裏安不安靜？」）

　　④ 你覺得舒服不舒服？（也可以簡說成「你覺得舒不舒服？」）

　　其五，用擬聲詞來構成正反問格式的，通常也只有「擬+不+擬」一種手段，例如：

　　① 天上還轟隆不轟隆？（也可以簡說成「天上還轟不轟隆？」）

　　② 房門還哐當不哐當？（也可以簡說成「房門還哐不哐當？」）

　　③ 病人還哼哼不哼哼？（也可以簡說成「病人還哼不哼哼？」）

　　④ 老人還嘀咕不嘀咕？（也可以簡說成「老人還嘀不嘀咕？」）

三、祈使句

　　祈使句是用來體現意願、表達祈使語氣的句子，它具有急促下降的語調特徵，書面上句末用句號或應歎號。祈使句可分為肯定祈使與否定祈使兩種小的類別：

1、肯定祈使

從正面去要求別人，用來表達請求或命令的祈使句稱為「肯定祈使」。例如：

① 您請坐。

② 請提意見。

③ 幫我一下呀。

④ 趕快出發吧。

⑤ 你倒走出來見見哪。

⑥ 快點！

⑦ 臥倒！

⑧ 關掉手機！

⑨ 把手舉起來！

⑩ 把他綁起來呀！

以上各例都是表達請求或命令的肯定祈使，句末有些不用語氣詞，有些可以使用語氣詞。其中前五例是表請求、敦促、建議的，語氣比較舒緩、委婉，句末一般用句號；後五例是表要求、命令、強制的，語氣比較急促、強硬，句末一般用應歎號。

2、否定祈使

從反面去限制別人，用來表達勸阻或禁止的祈使句稱為「否定祈使」。例如：

① 別這樣。

② 不要擔心。

③ 別想他了。

④ 您就別問啦。

⑤ 別做美夢啦。

⑥ 不要講話！

⑦ 甭說廢話！

⑧ 別放走他！

⑨ 都不准動！

⑩ 您可不許變卦呀！

　　以上各例都是表達勸阻或禁止的否定祈使，句末有些不用語氣詞，有些可以使用語氣詞。其中前五例是表勸阻、規勸、提醒的，語氣比較舒緩、委婉，句末一般用句號；後五例是表禁止、阻攔、限制的，語氣比較急促、強硬，句末一般用應歎號。

四、感歎句

　　感歎句是抒發情感、表達感歎語氣的句子，書面上句末用應歎號。感歎句有獨詞感歎、句首感歎、句中感歎、句末感歎、綜合感歎、語調感歎等多種形態：

1、獨詞感歎

　　獨詞感歎是指以單個應歎詞或者其他成分詞加上感歎語調或者語氣詞來表示的感歎。例如：

① 啊！

② 天哪！

③ 謝謝！

④ 好！

⑤ 可以啊！

⑥ 哎呀！

　　在以上幾個例子中，例①是由應歎詞構成的獨詞感歎，例②是由名詞構成的獨詞感歎，例③是由動詞構成的獨詞感歎，例④是由形容詞構成的獨詞感歎，例⑤是由能願副詞構成的獨詞感歎，例⑥是由擬聲詞構成的獨詞感歎，其中，例①③④只有感歎語調，沒有語氣詞，例②⑤⑥添加了語氣詞。

2、句首感歎

　　句首感歎是指借助應歎詞或者摹擬人的聲音的擬聲詞作為句首獨立成分，然後再接續所要感慨的內容所表示的感歎。例如：

① 唉，真讓人難辦！

② 咦，我們又碰見了！

③ 哦，我明白！

④ 呸，簡直是胡說！

⑤ 哎喲，這可怎麼辦！

⑥ 哈哈，找到答案了！

在以上幾個例子中，例①②③④是借助應歎詞作爲句首獨立成分所表示的感歎，例⑤⑥是借助擬聲詞作爲句首獨立成分所表示的感歎。

3、句中感歎

句中感歎是指在句子當中借助程度副詞來表示的感歎。例如：

① 相當不錯！

② 這裏太美了！

③ 他們眞平等！

④ 好熱鬧的場面！

⑤ 那該多好！

⑥ 我很滿意！

在以上幾個例子中，分別在句子當中借助「相當」、「太」、「眞」、「好」、「多」、「很」等程度副詞來表示感歎。

4、句末感歎

句末感歎是指在句子末尾借助附加的語氣詞來表示的感歎。例如：

① 我們縱情歌唱啊！

② 我的媽呀！

③ 感人肺腑哇！

④ 激動人心哪！

⑤ 他還一點不知道呢！

⑥ 難忘的日子一去不復返啦！

在以上幾個例子中，分別在句子末尾借助「啊」、「呀」、「哇」、「哪」、「呢」、「啦」等語氣詞來表示感歎。

5、綜合感歎

綜合感歎是指綜合借助句首應歎詞、句中程度副詞、句末語氣詞等多種手段來表示的感歎。例如：

① 啊，他分析得多麼深刻呀！

② 咦，這孩子跑的多快呀！

③ 咳，你也太逗啦！

④ 哎呀，你可真不容易呀！

⑤ 哈哈，你們太幼稚啦！

⑥ 哎喲，這也太厲害啦！

在以上幾個例子中，句首分別借助「啊」、「咦」、「咳」、「哎呀」、「哈哈」、「哎喲」等應歎詞或擬聲詞來表示感歎，句中分別借助「多麼」、「多」、「太」、「真」等程度副詞來表示感歎，句末分別借助「呀」、「啦」等語氣詞來表示感歎。

6、短語＋語調感歎

語調感歎是指不借助句首應歎詞、句中程度副詞、句末語氣詞等詞語手段，只憑藉構句材料的短語附加上感歎語調來表示的感歎。例如：

① 我愛你！

② 畫得好！

③ 你幹得不錯！

④ 為我們的友誼乾杯！

⑤ 自由萬歲！

⑥ 祝您晚安！

綜上所述，我們逐一羅列並分析了現代漢語句子的四種功能類型，可以這麼說，只要你是在用一句話來表達思想，那麼就有四種可能：要麼你想告訴別人一件事情，這就得用陳述句；要麼你想向別人提出一個問題，這就得用疑問句；要麼你想表達自己的一種意願，這就得用祈使句；要麼你想抒發一種內心的感慨，這就得用感歎句……因此漢語的句子就必然會有四種功能：陳述、疑問、祈使、感歎，漢語的句子也就可以分為並只能分為陳述句、疑問句、祈使句、感歎句這四種句類。